Irene Pietsch

Gestatten, mein Name ist Urbs

Mandamos Verlag

© 2016 Irene Pietsch

Illustration: Irene Pietsch
Umschlag Vorderseite: „Tänzer"
    Rückseite :   „Mecklenburger Eva"
    Inhaltsverzeichnis: „Headline Lloyd" I-VIII

Seiten: 18 „Urbs' Tempo", 42 „Horoskopsingen", 50 „Ein Versehen", 61 „Mäuschen", 66 „Muffins on the Rock", 94 „Frieder Plöger I und II", 101 „Mundorgel", 161 „Erste Adresse in Ninive", 174 „Urbs traktiert die Schreibtafel", 181 „Architekt".

Verlag: Mandamos Verlag UG (haftungsbeschränkt)
    Alte Rabenstr. 6, 20148 Hamburg

Herstellung und Auslieferung:
tredition GmbH, Grindelallee 188, 20144 Hamburg

ISBN
Paperback   978-3-946267-09-6
Hardcover   978-3-946267-10-2
e-Book   978-3-946267-11-9

Printed in Germany

Das Werk, einschließlich seiner Teile, ist urheberrechtlich geschützt. Jede Verwertung ist ohne Zustimmung des Verlages und der Autorin unzulässig. Dies gilt insbesondere für die elektronische oder sonstige Vervielfältigung, Übersetzung, Verbreitung und öffentliche Zugänglichmachung.

Inhaltsverzeichnis:

I.   11

II.   33

III.   55

IV.   89

V.   109

VI.   144

VII.   162

VIII.   175

Auf dem Damm

Für Ninive	-	*Eine Königin der Nacht*
Für Hellas	-	*Zwei beste Freunde*
Für Rom	-	*Ein Repräsentant der Legislative*

Prudentia! Ich seh' Dich nah!
Ich seh Dich fern,
nicht allzu gern.
Muss es heute dennoch sein,
so wirk' doch schon mal ganz allein!

Danke und Saluti!

Urbs.

Es ist ein Jubeljahr. Alle Sabbat- und Schaltjahre stehen auf dem Prüfstand. Ninive, Athen und Rom sind unverändert baden gegangen oder wärmen sich an der eigenen oder anderer Sonne. Statistisch ergibt das eine Bade- und Sonnendauer von dermatologisch ungetesteter Verträglichkeit, wovon Urbs zwangsläufig bis zum Abwinken Gebrauch macht und sich seinen persönlichen Erinnerungen hingibt, wofür er mit vorschriftsmäßiger Sorgfalt Tafel und Gerät aus dem global zur Verfügung stehenden Angebot wählt.

Heute ist Reinzeichnung mit ein paar Verwischungen angesagt, um sich selber nicht zu nahe zu kommen.

Gewohnheitsgemäß peilt er seine Lieblings Cafeteria an, bestellt einen Milchkaffee und zwei doppelte Espressi, mischt sich daraus in der Milchkaffeeschale seinen eigenen Koffeinpunsch, liest die Aushänge hinter und vor dem Ausschank, sichtet das lackierte Regal mit einem gespendeten Buchantiquariat auf Brauchbares hin und widmet sich nach Erledigung dieses Aktualitätenmanövers der Niederschrift seines persönlichen Memorandums.

Seit seiner Wanderung von Ninive über Athen und Rom hierher, hat er für sich den tieferen Sinn der Übung darin aufgespürt, sich einen Stammplatz in der Öffentlichkeit zu küren, um wenig zu verpassen und noch weniger zu vergessen, was später als Weckamin für ihn wichtig werden könnte.

„Moment!", ruft er den Memos mit vollem Mund nach, als sie sich ungeduldig entfernen, weil er das Frühstückskaffeebegleitgebäck nicht so schnell herunterschlucken kann. „So bleiben Sie doch! Es lohnt sich zu warten! Darf ich Ihnen etwas anbieten, während ich über Sie nachdenke?

Richtig! In Ninive! In Ninive war es gewesen, als ich in große Verlegenheit kam zu testen, wie es bekommt, wenn man etwas braucht, was weiterführende Erinnerungen weckt und keine Unterstützung erfährt.

Das familienfreundliche Etablissement, was mir zur Erfüllung meiner Wünsche von hilfreichen Passanten in der Niniveer Hauptstraße als erste Adresse genannt wurde, war zu meinem tiefen Bedauern vorübergehend geschlossen und bis zu meiner Abreise nicht mehr geöffnet worden."

Den unbefriedigenden Ausgang des Besuchs in Ninive würde Urbs gerne als Vorgang abgeschlossen sehen, wenn die Direktverbindung zu Ninive nicht seit einiger Zeit gestoppt wäre, so dass er nicht einmal im Ansatz eine Möglichkeit erkennt, noch einen Versuch zu machen, ihn dort in die Reha zu geben.

„Sie suchen...?" Die Memoaufsicht aus Ninive hat sich unversehens aus der Tiefe ihres Wissens herauf bemüht. Sogar den Schutzhelm trägt sie noch, was Urbs ein wenig befremdet, da er stets der Meinung war, er stünde mit ihr zwar nicht auf dem besseren seiner guten Füße, aber allemal gut genug für weniger visuelle Aufrüstung.

„Sie sagen es! Ich suche. Um präzise zu sein: Ich suche meine Memos zwischen allen Sabbat- und Schaltjahren, die mit großer Wahrscheinlichkeit bereits von Ihnen dokumentiert und archiviert worden sind."

„Haben Sie Einzelheiten?"

„Genau die fehlen mir größtenteils, was nichts über die Menge aussagt. Die Hauptsache war ungeteilt."

Die geforderte Aufsicht kann Urbs' konsolidierten Instant-Höhenflug mit geprüfter Instant-Tiefenwirkung nicht nachvollziehen. Selbst bei intensiven Bemühungen um Plausibilität per Blickkontakt verstehen sie sich aufs Schönste aneinander vorbei, was die Aufsicht nicht weiter stört.

Urbs' römischer Scharfsinn hingegen ordnet den Vorgang anders ein. Die Unauffindbarkeit von generalstabsmäßigen Memoranden könnte sich im Vorgriff auf geschichtsträchtige Transaktionen zukünftiger Jahre ob des möglichen Schlüssigkeitsmangels von wichtigen Abläufen ungünstig auswirken.

Urbs selber weiß, was er wie denkt, bevor er spricht. Gut durchdachte Übersichten sind für ihn das A und O, was ihm wegen des Konvoluts an Memos im Laufe von Jahrtausenden eine Übererfüllung des Plansolls an Speicherkapazität einbringt.

Dass zu Roms Zeiten dafür eigens hoch spezialisierte Gladiatoren mit geprüften

Mehrfachbegabungen im angesagten Schreibsystem gezüchtet wurden, bestreitet er vehement. Sie waren Ausputzer von Züchtungen. Daran hat sich nichts geändert. Das römische Beispiel hat sogar Schule gemacht. Einfach durch die Empirik des Abguckens. Und keiner hat gemeckert. Kein Tadel, kein Ausschlussverfahren.

Dem war nur noch durch Lenkung in Ausschüssen beizukommen. Erklärtes Ziel: bei zunehmender Spurlosigkeit Spur halten, wenn man die Richtung mit allen Konsequenzen im Kopf hat.

Auf Basis der so aus trainierter Selbsterfahrung gewonnenen Selbsterkenntnis und einer gehörigen Portion Intuition will Urbs sein zukünftiges Verhaltensgerüst weiter bauen.

Erste Konsequenz: Er macht sich gerade. Eingedenk römischer Flexibilität im Umgang mit strukturellen Schwächen, entschließt er sich, ein Gebaren an den

Tag zu legen, das ihm als ausgewachsenen Urbs, der zentral und patriotisch denkt, würdig ist.

Für die noch vorhandenen Memos bestellt er Zwieback und Cantuccini, um ihnen die Spurlosigkeit zu erschweren und lädt die Konstanten der zukünftigen Memorabilien gleich mit ein.

Gegenwärtig ist die dritte Schicht in Arbeit, was wenig Zeit lässt für den auf Akquisition gedrillten Außendienst. Gerade jetzt wird jedoch wieder gefunkt, wozu sich Urbs einen weiteren doppelten Espresso genehmigt, um dem verbleibenden Milchkaffee mehr Körper zu geben.

Er ist voll empfangsbereit auf Sendung, kann jedoch nicht angemessen episch antworten, weil er mit der Interpretation von Betrachtungen über die Notwendigkeit von Spitzenwerten befasst ist.

Urbs kennt sie von Kindesbeinen an. Gleich nach amtlicher Beendigung der

Pubertät lernte er neue Aspekte von Varus, mit dem er nach umzugsbedingtem Schulwechsel Nachhilfeunterricht in einer Fördergruppe hatte.

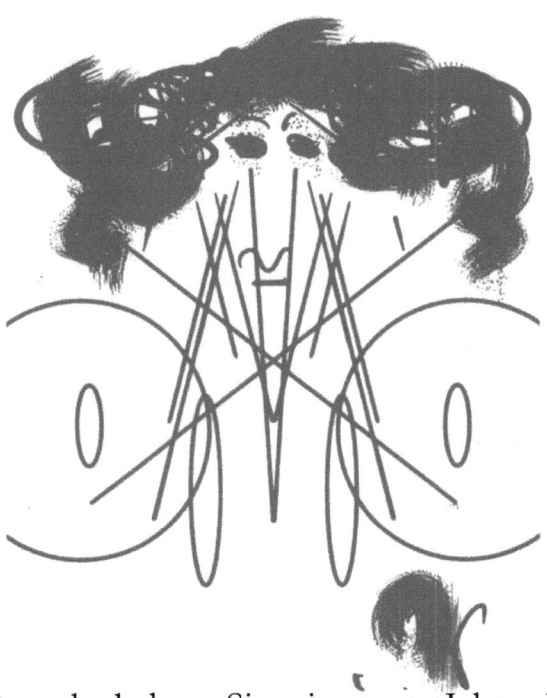

Danach haben Sie ein paar Jahre in Aufbauseminaren für Wissensanwendung und -vermittlung gewirkt, wenn der Nachwuchs die Umstellung von

Griechisch auf Latein ohne Phonetik nicht wuppen konnte. Ihre geographischen Wege trennten sich, als Familienplanung das beherrschende Thema wurde und Varus in der alten Heimat auf Brautschau ging. Gelegentlich ist Urbs mit ihm noch über Mittelsleute in Kontakt.

Seine Erinnerungen daran verschaffen ihm die nötige Ruhe, um in den besten Teil des Tages zu gleiten: produktives Floating, bis kurz vor Feierabend, wenn der Sonnenstand es zulässt. Man muss auf die langen Schatten achten, um nicht selber ins Zwielicht zu geraten.

Es ist nicht einfach für Urbs, sich inmitten von Floating Nachwuchs zu behaupten, der früh aus der Schule kommt und völlig ungeniert Urbs' Revier flutet, ohne die einfachsten Spielregeln zu beachten.

Er sieht Handlungsbedarf und macht, ohne zu fragen, von seinem Recht als naturalisierter Niederländer und Flachlandser Gebrauch, sich als gebürtiger Hochländer aus Rom fühlen zu dürfen.

Schließlich ist er nicht über traditionsreiche Seilbahnen von den Graten Ninives über die Höhen Athens hierher zu Zwieback und Cantuccini für Memos und handgemischten Kaffee gekommen, um sich von Falschfloatern ein X für ein U vormachen zu lassen! So nicht, nicht mit ihm! Da seien seine Memos als Bollwerk vor!

Urbs sieht das Bemühen ringsherum, seinen Kniff mit der Memobindung abstimmungsbereinigt nachzuvollziehen, kann jedoch auch bei auf Milde zeigendem Stimmungsbarometer nur ein Kopfschütteln erübrigen.

Er ist zwar mit Aufopferung bereit, das Jungvolk mit seinem Floating-Drang zu akzeptieren, so dass er sich rein äußerlich nichts anmerken lässt, hält aber vorsichtshalber die Hand über seinen

Milchkaffee, bis der Floating Anfall des ungeübten Nachwuchses vorbei ist.

Nach dieser passablen Überbrückung von Anstrengungen, sowohl Memos mit Zwieback und Cantuccini bei der Stange zu halten und andererseits die übervolle Schale mit Milchkaffee zu schützen, ist er darauf bedacht, es nicht zu einer Zufälligkeit von Widrigkeiten kommen zu lassen und trinkt mit Schlürfen ab, was den Flüssigkeitsspiegel erheblich senkt, bevor neuer Floating Nachwuchs naht.

Urbs fürchtet, dass er in eine historische Phase der floatenden Umbenennung des Globus gerät.

Seine Logik: Ganze Städte sind prädestiniert, daran glauben zu müssen, Millionen von Bäumen, gedeckte wie ungedeckte Häuser und Gegenstände des täglichen Bedarfs, worauf er einen weiteren Espresso bestellt, mit dem er die abgesenkte Oberfläche des Milchkaffeemischgetränks anhebt, um sie seiner angespannten Beobachtung zu überlassen und den Beweis für seine Überlegung herbeizuführen.

Nichts Drama Taugliches passiert.

„Es ist nicht der rechte Platz am richtigen Ort", tröstet Urbs sich selber, was er nur notgedrungen tut. Er findet sich zu befangen in seiner römischen Erwartungshaltung, die inzwischen bildungsnotorisch geworden ist und zu Disputen führt, denen kaum ein Forum gewachsen ist, was seine Meinung bestätigt, dass Individualmeckern in Theatern Individualberatungszentren gewichen ist, die meistens leer oder überfüllt sind. Das war nicht immer so.

Auf der Suche nach Wohlfühlorten mit gemäßigtem Individualmeckern in angenehm bevölkerten Individualberatungszentren hat Urbs vor nicht allzu langer Zeit voller Erstaunen lernen müssen, dass genau dort, wo er es beinahe vermutet hat, mit Hingabe Memofreiheit praktiziert wird, was nach seiner Einschätzung an einer großen Bereitschaft zur Selbstversorgung liegen mag.

Für Urbs bedeutet das eine Art intensiver Kurzweil mittelschwerer Publikumswirksamkeit ohne überbordendes Eigenengagement, die über den Daumen gepeilt beinahe jeder Urbs auf dem Kerbholz hat.

Es verhindert ungesunde Begeisterung für Nichtigkeiten und setzt ihn auf die Spur, die keineswegs Los, sondern Wille ist.

Urbs bezahlt und steckt die original verpackten Zuckerstücke, die beim Espresso im Preis inbegriffen sind, in seine Jackentasche, nicht ohne vorher ihr Einwickelpapier mit Sternzeichen und Horoskopen auf unliebsame Durchlässigkeit geprüft zu haben.

Als Beifang zu seinen häufigen Besuchen in der Cafeteria kommt Urbs in den Besitz von einer Reihe zusätzlicher

Zuckerstücke, seit er im Wortgeplänkel mit der Servicekraft festgestellt hat, dass sie mit einem Landei vergleichbar und damit eine seiner Aszendenten ist.

Eine zwar untestierte, aber dennoch unangefochtene Aszendentenbrüderschaft auf rein privater Basis entsteht, die ihm freie Wahl bei der Zuckerstückwahl lässt, wovon er innerhalb des ihm bekannten Anstands Gebrauch macht.

Seitdem ist er in Versuchung, neue Aszendenten für einen Freiwilligen Club, welcher Sternzeichen auch immer, hinzuzugewinnen. Der Ehrgeiz, den er dabei entwickelt, beruht auf einer altrömischen Leidenschaft, die in ihm rumort.

Bevor sie zum Ausbruch kommt, weist er sie in ihre Schranken. Wunschdenken und seine seriöse Verfolgung mit legitimen Mitteln, aber ohne profunde Kenntnis der realen Möglichkeiten, war im alten Rom verpönt.

Daran hält sich Urbs auch jetzt, zumal sich nach seinen Beobachtungen die Werte inzwischen verschoben haben. Ganz universell in den gelenkten Zufall hinein, weswegen er auf mehr Abstand geht als üblich.

Dennoch ist er weit davon entfernt, vor dem intensiven Studium einer zeitnahen Feldforschung auf Basis römischer Erkenntnisse, alle und alles in eine Schublade zu packen. Vergleiche müssen her! Am besten von dort, wo das Individualmeckern unterentwickelt ist, so dass es keiner Interpretation mehr bedarf.

An Niederländer und Flachlandser:

> Bei passender Gelegenheit
> mach' ich mich ganz gemütlich breit
> und harre weiter guter Dinge,
> dass man das Beste zu mir bringe.

Dementsprechend verlässt er die Cafeteria, um am Schreibtisch im nahe gelegenen Büro, das offiziell „Kreativposten" heißt, inoffiziell jedoch ausschließlich unter „KrePo" kursiert, ein Schnuppersortiment von Zuckerstücken mit Horoskopen für seine KrePo-Nachbarin zusammen zu stellen, der er den eleganten Spitznamen Madame KrePossa gegeben hat, um sie für sein Faible zu gewinnen. Der Vorstoß erweist sich zu seinem Bedauern als schwierig. Die Sternenkunde versagt vorübergehend.

Seine Kollegin beharrt darauf, ihr Sternzeichen mitsamt Horoskop, zudem auf Zuckerwürfeln, wäre als bewährte Vorsehung zu selten, um in Cafeterias angeboten zu werden.

Sie lehnt es ferner hartnäckig ab, jetzt oder in naher bis mittelfristiger Zukunft in ein Aszendententum überzuwechseln.

Urbs hat es Madame KrePossa mehrfach mit Verve angetragen. In Anbetracht seiner eigenen wechselvollen Geschichte, versteht er zwar Ihre Haltung, vermisst aber trotz allen Verständnisses ein akzeptables Gegenangebot.

Bei einem Gedankenaustausch, für das sie in Übereinstimmung ein neutrales Lokal wählen, legen sie die Differenzen in einem gemeinsamen Communiqué bei, das von ambitionierten Plänen unter Anwendung von homöopathisch dosierten Mitteln spricht.

Sie beschließen, vom Bonus, der bei gemeinsamer Produktion von marketingtauglichen Sprüchen außerhalb des Horizonts von Horoskopen und moralischen Aufbautextsteinen fällig werden könnte, statt in einen neu zu schaffenden KrePo-Spartopf einzuzahlen, den Weg zu einer Verständigung über eine gemeinsame Investition zu wählen.

Madame KrePossa könnte sich eine Hollywoodschaukel mit Wellenschreiber vorstellen, der Urbs nicht abgeneigt gegenüber steht.

Sie könnte seine in regelmäßigen Abständen wiederkehrende Befürchtung abschwächen, er würde ohne nur einen einzigen Ansatz von Schubkraft für weitere Recherchen zu Sternzeichen und Sternbildern, die Welt neu definieren müssen, was ihm zutiefst widerstrebt. Stattdessen schreibt er Memos an Madame KrePossa.

„Lassen Sie sich nur Zeit!", lässt ihn Madame KrePossa gönnerhaft wissen, als sie bemerkt, wie schwer sie ihm von der Hand gehen.

„Woher wissen Sie, dass es nur eine Frage der Zeit ist?

„Habe ich übersehen, dass Sie gerade eine Eingebung haben?"

„Ich habe es eilig", verteidigt sich Urbs. „Ich muss noch meinen astronomischen Rechenschaftsbericht texten." Er hält inne und straft Madame KrePossa mit einem vorwurfsvollen Blick.

„Es ist also eher eine Frage der Geduld als der Eingebung", fährt er fort, „was übrigens auch mein heutiges Zuckerstück besagt. Sie sollten es sich ansehen.

Die Aufmachung hat sich zum Vorteil verändert."

„Hätten Sie wohl eine Tragetasche für mich?"

Die Frage von Madame KrePossa bringt Urbs in Planungsnot, weswegen er sie umgehend elektronisch beantwortet.

„Mobili

Ich habe mich verkuckt
und bin danach verruckt
von meinem Stuhl auf einen andern,
der nicht mehr weiß, mit mir zu wandern."

Die Antwort lässt nicht auf sich warten:

„Sie haben also keine Tragetasche?"

„Madame, ich habe den Vierzeiler ‚Mobili' genannt. ‚Tragetasche' finde ich zu abgenutzt. Vielleicht können Sie ein anderes Transportmittel aus meinen Zeilen wählen?

Madame reagiert geistreich.

„Den siebten Himmel gibt es überall nicht hier, auch nicht mit Wellenschall."

Urbs besinnt sich auf seine Pflichten, in ungewohnter Umgebung gute Ratschläge nicht nur zu beherzigen, sondern besonders zu geben. Madame KrePossas meteorologischen Prognosen für Sonn- und Feiertage nach Art von hundertjährigen Kalendern verweist er in den Bereich der Lektionen, die nicht vom Himmel fallen, sondern vergleichbar sind mit Land- und Forstwirtschaft und somit sorgfältiger Bearbeitung bedürfen.

„Madame Krepossa:-

Es ist mir nicht bekannt, dass ich mit den von Ihnen scharfsinnig angeschnittenen Problemen bereits konfrontiert worden bin", versucht Urbs sich trotz einer gewissen Verärgerung diplomatisch, aber mit deutlichem Haltesignal aus der Affäre zu ziehen.

„Ich bin zwar weit gereist, aber der siebente Himmel war nur mit mehrfachem

Umsteigen erreichbar, was ich in Anbetracht meines schweren Gepäcks außerstande war zu bewerkstelligen. Ich bitte um Nachsicht."

„Ich bin nicht auf Fernbildung aus."

Urbs prallt zurück. „Madame, wir wollten in noch nicht absehbarer Zukunft unter bestimmten Bedingungen zusammen eine Hollywoodschaukel mit Wellenschreiber erwerben. Ich bitte Sie, keine Missverständnisse zu verbalisieren, wenn Sie schon nicht umhin können, Ihnen gedanklich zu erliegen!

Ich bin nicht von hier, wie Sie wohl richtig vermutet haben, weswegen es mich besonders betroffen macht, dass Sie wenig dazu beigetragen haben, unsere kollegiale Nachbarschaft völlig ins Lot zu bringen, was ich begrüßen würde."

Madame KrePossas erwidert den Brief umgehend. Er zeugt von kaum zu widerlegendem Realitätssinn: „Sie kennen mein Horoskop von heute genauso wenig wie ich Ihres."

„Sie haben es mir nicht angedient."

„Sie hätten es auf dem entsprechenden Zuckerstück finden können, wenn Sie gewollt hätten."

„Madame, wie Recht Sie haben! Ungeachtet dessen, muss ich ganz energisch davon Abstand nehmen."

„Dann werden Sie es eines Tages bereuen."

„Ich bange nicht, dass es etwas zwischen uns gibt, was ich zu bereuen haben werde! Ich habe jedoch meine berechtigten Zweifel, die ich hiermit fristgemäß anmelde."

Danach ist Sendepause zwischen ihm und Madame KrePossa.

Nicht, dass es Urbs an Mumm fehlt, um mit einem Fremden ein Horoskop anzustimmen, aber der Mann, den er deswegen anspricht, ist von seinem Aussehen her nicht geeignet, so dass Urbs dem neuen Glück, jemanden gefunden zu haben, dem er seine Künste vorführen kann, kein Hochfühl abgewinnen kann.

Die probate Lockerungsübung seit Ninive, Athen und Rom: Er stellt sich vor. „Gestatten mein Name ist Urbs".

„Plöger, Frieder Plöger." Der Mann knarzt wie altes Lederzeug.

Hätten Sie etwas dagegen, wenn ich für ein Weilchen an Ihren Rastplatz komme und Ihnen Ihr Tageshoroskop erkläre?"

„Dazu musst Du erst mal m i c h anhören!"

„Dann darf ich davon ausgehen, dass Sie sich im Bereich eines übergeordneten, persönlichen Besitzsstands befinden. Der Einfluss Ihrer Sterne darauf könnte von großem Belang für Sie sein."

„Das wäre?"

„Es handelt sich um die Allgemeingültigkeit von Sterndeutungen."

„Du hast einen guten Riecher! Ich bin im Stern des Südens geboren."

„Glück braucht eine Richtung!", pflichtet Urbs Frieder Plöger bei. „Ich komme nunmehr zu unserer heutigen Vorlesung und bitte Sie, die Worte zu memorieren, weil wir sie anschließend im Wechselgesang intonieren werden, um den erstrebenswerten liturgischen Effekt zu erzielen.

„Das kann ich nicht."

„Sie können, Sie haben sich nur noch nicht überwinden können, es zu versuchen. Vertrauen Sie doch einfach Ihrem

Können! Ich nehme Sie stimmlich an die Hand!"

Frieder Plöger betrachtet das Textblatt mit verachtungsvoller Flüchtigkeit: „Gib mal her. Ich bimse mir den Kram lieber für mich alleine ein. "

„So viel Zeit haben wir nicht. Bald tritt die Sonne in einen anderen Wendekreis und macht eine weitere Strophe notwendig, die ich noch nicht erfunden habe."

„Verstehe, Du bist Erfinder?"

„So könnte man das sagen. Ich erfinde beinahe alles und alle neu. Ich arbeite in einem KrePo."

„In einem was?!"

„Kreativposten."

„Was erfindet man denn in einem — ‚KrePo'?"

„Ich bin gerade dabei, eine Überordnung zu Ihrem persönlichen Besitzstand an Vor- und Familiennamen neu zu erfinden. Wie wäre es mit ‚Plö'?"

„Einverstanden."

„Das ging zu schnell. Sie müssen sich in aller Form damit einverstanden erklären. Wir können später bei mir im Büro eine Unterschriftenprobe machen."

„Ich bin nicht abgeneigt. Wo ist denn Dein KrePo?"

„Da hinten, wo der Kran steht."

„Ach der – mit dem kann man sich ja sehen lassen."

„Man kann nicht meckern. Es ist ordentlicher, als es aussieht, eben ein KrePo-Hochhaus."

„Ich meine den Kran."

„Wir sollten Missverständnisse vermeiden."

„Wieso?"

„Das habe ich gelernt."

„Um zu erfinden?"

„So ist es."

„Verklickerst Du Deine Erfindungen den Kollegen am Arbeitsplatz da oben im Hochhaus genauso umständlich wie mir oder gehen die gleich online?"

„Ich verklickere nur, wenn der Kranführer mitzieht, was ihm die Statik seines Krans verbietet. Deswegen rezitiere ich in seiner Gegenwart."

„Das kannste bei mir auch. Haste noch 'nen Kran für mich?"

Plös Anliegen rollt so unvermittelt und direkt auf Urbs zu, dass er, einem niniveisch-griechisch-römischen Reflex folgend, ins geistige Hinterland ausweicht.

„Ein Missverständnis, mein Bester! Ein Missverständnis! Ich h a b e einen Kranführer!"

„Und was macht der sonst so?"

„Der wartet auf mich!"

„Ich stelle mich an, wenn Du hier fertig mit – wie heißt das?"

„Rezitieren?"

„Richtig. Kannst jetzt anfangen."

„Wissen Sie was, Plö? Ich habe eine Idee - ich überlasse Ihnen mein Sternekurzgutachten.

„Wofür?"

„Zum Auswendiglernen."

„Jetzt?"

„Hier und jetzt."

„Hier unten?"

„Hier unten."

„Geht nicht. Ich begleite Dich. Oder war das mit der Unterschriftenprobe etwa nur ein Lockangebot?"

„Dazu gehört eine Gegenprobe. Ich habe für diese Fälle immer Proviant dabei. Wir gehen nachher in die Cafeteria dort drüben." Urbs zeigt in die Gegenrichtung vom KrePo-Hochhaus.

„Ich kenne die Kleine von dahinten." Plö macht eine kreisförmige Bewegung mit dem rechten Arm.

„Ein verkapptes Landei", korrigiert Urbs von oben herab. „Eine Kennerin des Sonnensystems in allen kristallinen Feinheiten. Ich bin Sammler und stehe mit ihr in regem Austausch."

„Mit wem?"

„Mit dem Landei", sagt Urbs im Brustton strotzenden Selbstbewusstseins.

Jawohl, großdimensional denken und handeln will er ab sofort. Kranführer 1 hat er bereits. Kranführer 2 steht in Aussicht, dazu Madame KrePossa und das Landei mit Zuckerwürfeln...

„Also gut, ich bleibe hier unten, wenn Du Deine Geschäfte tätigst. Gib mal das Blatt her." Plö grapscht nach Urbs' Text und fängt an, den Vers zu radebrechen, dass es Urbs kalt über den Rücken läuft.

„Sie lesen nicht gerne laut?"

„Wieso?"

„Irgendwie ist mir so."

„Nicht irgendwie – wenn schon, irgendwo. Deine Handschrift ist ziemlich ausgeschrieben."

„Das ergibt sich im Laufe von Jahrhunderten, um die untere Zeitgrenze zu nennen. Ich habe damals mit Varus im Rahmen eines Crossover Bildungsprogramms Aufbaukurse für Kinder und Erwachsene geleitet, die umgeschult wurden."

„Varus und Umschüler?"

„Auch kunstvolle Monumentalgemälde bedürfen einfühlsamer Betreuung durch Halbblaien. Vorschrift!"

Urbs hat wie für viele Vorschriften, so auch für eine ihm nicht bekannte, aber nach seinem Verständnis sinnvolle Regelung in Vorschriftsnähe, eine Schwäche, zu der er steht. Das ist er der Legierung aus Ninive und Rom schuldig, meint er.

„Eine einfache Zeichnung mit Pfiff tut's auch. Soll ich mal?" Plö schickt sich an, einen zerkauten Bleistiftstummel, den er aus seiner Brusttasche gekramt hat, mit Spucke zu befeuchten und Urbs' Text zu illustrieren, während Urbs mit Begeisterung vorträgt:

„Das machen wir mit Thymian:
Wir bringen ihn bei Liedern an
und singen sie bei großen Festen,
bis alle weg sind außer Resten."

Der Reim versetzt Plö in Zeichenlaune, die in Strichführung und -stärke einem ekstatischen Taumel nahe kommt, was beweist, dass manches auch ohne groß Aufhebens schneller geht. Nicht unbedingt besser.

Der Fall der Unfälle: alle Beteiligten setzen ein und dasselbe Mittel ein. So Urbs, so Plö in der Nachbereitung der Lobpreisung des Thymian.

Die Eskalation ist kaum zu bremsen. Von was genau, wissen beide nicht. Plö scheint das nicht negativ zu tangieren, Urbs hingegen empfindet es als unangenehm verstörend.

Getextete Taktik unter Einbeziehung des gesamten Geschichtsbogens ist gefragt.

Ninive-Athen-Rom im Panoramaverfahren. Er gönnt sich zur Gesamtprüfung der Lage einige Extraminuten. Die Wahl: ins Schwarze treffen oder ein Los ziehen. Die Punktgenauigkeit ist ohne Alternative: Pflicht und Kür in einem.

„Das Zuckerstück im Astrolook
bringt Schmelz zu Dir,
mal ruck, mal zuck",

textet Urbs aus dem Steggreif.

Plö streckt sich angriffslustig.
„Klasse! Wir gehen also."

„Wir gehen bedingt", rettet sich Urbs ins römische Rechtsempfinden.

„Wir gehen die Unterschriftsprobe machen", gibt Plö vor.

„Erst, wenn Sie beide Texte auswendig können."

„Da kannste lange warten."

„Sie irren. Ich warte nicht. Ich gehe jetzt in meinen KrePo dort oben und lasse Ihnen Zeit". Insgeheim beschließt Urbs, der neuen Bekanntschaft bei nächstbester Gelegenheit zu kündigen, was Plö zu spüren scheint und eingreift:

„Erst die Unterschriftenprobe auf Deinem Pamphlet hier." Plö wedelt Urbs mit den Blättern vor der Nase herum. „Dann der Kran. Ich möchte schließlich wissen, woran ich bin, bevor ich mich zum Kasper mache und fremder Leute Gedichte aufsage."

Urbs findet die plötzliche Eile bedenklich bis unverschämt. Es ist ihm nicht entgangen, dass Plö beabsichtigt, sich das allgemein gültige Horoskop als Dokument zu seinem persönlichen Zuckerwürfel umzufunktionieren, was ein Überdenken der Gesamtlage mit Kran, Kranführer und Plö erforderlich macht.

„Wir sollten nicht jeden Scheinerfolg zu einem Fest deklarieren, um feiern zu können.", schiebt Urbs als retardierendes Moment ein.

„Nun mach schon!", drängt Plö.

„Ich denke nach!", weist Urbs ihn kalt ab. Er ist hoch konzentriert. Jede griechisch-römische Faser in ihm gibt ihm zu verstehen, dass jetzt der Moment gekommen ist, auf den es ankommt.

Er darf keinen Fehler machen. Jeder einzelne Thymian hängt davon ab. Er pocht bei Plö auf Anstand, wenn schon keine Einsicht zu erwarten ist.

„Ich könnte Deine Horoskope im Straßenverkauf anbieten, statt sie auswendig zu lernen. Davon haben wir beide mehr", kommt Plö Urbs entgegen, der ihm ausweicht.

„Ich friere immer erst ein bis zwei Dutzend ein, bevor ich mich davon trenne."

„Dann bring' mir ein paar eingefrorene runter und nimm diese hier mit." Plö hat schon auf Vollblutvertreter von Urbs'schen Texten umgesattelt.

„Mehr Abschreibungsmöglichkeiten gibt es in diesem Monat nicht für meine Erfindungen, weswegen ich selber bereits dazu übergehe, mehr aus Tiefgefrorenem zu zitieren als Neues zu verfassen. „Das, was Sie in der Hand halten, sind zwei mehrjährig gültige Sonderanfertigungen."

„Warum hast Du Dich dann so? Ich kann sie später lernen und guck mir schon mal an, wo Du arbeitest."

„Tut mir leid."

„Noch immer? Wo wir uns doch gegenseitig so schön offenbart haben!"

„Ich muss erst zu meinem Kranführer, der noch ein Wörtchen mitzureden hat."

Plö opponiert durch Knurren.

„Ich genehmige mir das äußerste Zugeständnis, was ich in der von Ihnen initiierten Situation bereit bin zu machen: Ich schenke Ihnen beide Texte, obwohl sie von Rechts wegen mein Kranführer mehr verdient hätte."

„Mehr als ich?"

„Mehr als Sie."

„Und warum?" Plö ist im Begriff, sich zu ereifern. „Wir setzen uns damit auf eine Bank und lernen zusammen."

„Eben genau das nicht!" Urbs spielt seine Erfahrung aus: „Das vermeidbare Risiko für meine Sterndeutungen ist zu hoch. Eine Bank ist also nicht drin. Ich gehe."

„Das eine schließt das andere nicht aus. Wir starten jetzt durch, Richtung Büro."

Plös Dickfelligkeit bringt Urbs auf Zinne. Er legt einen Schritt zu und wird von Plö am Ärmel festgehalten „Ein Wort noch!"

Urbs schüttelt ihn verärgert ab. „Sie haben mich nicht gepachtet, Mann!"

„Auf ein Wort noch und ich gehe."

„Und welches?"

„Wenn Du mich drängst, kann ich gar nicht." Plö versucht den Ball mit aller Unentschiedenheit in der Luft zu halten.

„Ich dränge Sie nicht. Sie waren es, der mich gedrängt hat." Urbs setzt Fuß vor Fuß, was den Eindruck erweckt, er folge einer imaginären Linie, die für ihn notwendig ist, um sein Ziel zu erreichen.

„Wir könnten uns einigen." Dabei blickt er angestrengt auf seine säuberlich gesetzten Schritte. „Wir könnten uns insoweit und dahingehend einigen, dass wir das Lernen vom Blatt nach Umgehung von Anfangsschwierigkeiten im Einzel zusammen fortsetzen.

„Mit Zeichnen."

„Meinetwegen auch mit Zeichnen. Danach - das müssen wir dann sehen. Sie wissen schon - der Kranführer. Ich möchte ihn nicht mit Ihnen überfallen."

„Einverstanden!" Da ist es, Plös Wort.

Daraufhin legen sie eine Gangart vor, die flott ist, ohne dass die Beschleunigung als Hetze empfunden werden kann. Die Grundvoraussetzung für eine kurzweilige Unterhaltung wird dadurch um ein bedeutsam Vielfaches erweitert. Die Strecke vor ihnen: immer der Nase nach, bis zum Bürohaus. Es kann kaum noch etwas schief gehen.

Urbs profitiert davon. Plö ebenso. Er fühlt sich zunehmend wohler und fängt an, aus dem Nähkästchen zu plaudern, ein wenig geradeaus, ein wenig in die Bartstoppeln hinein.

Alles in allem ist nicht alles zu verstehen, davon weniges verständlich, aber eine ausreichend große Visitenkarte ist es allemal, um bei Urbs den Eindruck zu festigen, Plö sei abwechselnd als Smutje oder als Kranführer beinahe überall gewesen.

Jetzt voll im Blick: das KrePo-Hochhaus. Urbs bleibt wie angewurzelt stehen.

Unübersehbar auf Höhe seines Bürofensters und im Profil: der Kran ohne sichtbaren Kranführer, was bei Urbs jähes Unwohlbefinden hervorruft, als er sich vorstellt, welche Folgen es für ihn zeitigen könnte, wenn der Kranführer sich ohne Schlüsselkarte selbstständig gemacht haben sollte.

Mitten im schlimmsten Szenario von Urbs' Vorstellungskraft, dessen Höhepunkt kurz vor der Vollendung steht, tut sich eine glückliche Wende auf. Sie präsentiert sich als bankähnliche Sitzgelegenheit aus roh zusammen gezimmerten Latten, eingebettet in einen Hag aus namenlosem Gestrüpp.

„Entgegen meiner früheren Aussage, würde ich es jetzt doch begrüßen, wenn Sie hier Platz nehmen würden", bietet Urbs Plö an.

„Warum?"

„Weil ich Sie beim besten Willen nicht mitnehmen kann."

„Du willst mich also dazu verdonnern, hier alleine zu warten? Dann hätte ich ja gar nicht erst mitzukommen brauchen."

„Es dauert nicht lange."

„Und wenn doch?"

„Dann bimsen Sie, bis alles sitzt. Ich biete Ihnen dazu eine ungestörte Pause auf einer gut positionierten Bank inmitten unverbauter Natur. Was wollen Sie mehr? Genießen Sie doch einfach mal die Gegend, Gehölz, frische Luft..."

Es stinkt eindeutig nach Abgasen.

„Inversionswetterlage. Da kenne ich mich aus." Plö ist aufgestanden und hat sich neben Urbs gestellt. „Da?" Er macht mit dem Kopf eine Drehung und guckt nach oben.

„Genau da", gibt Urbs trotzig zu.

„Wenn ich helfen kann - Ruf genügt."

„Sind ein feiner Kerl." Urbs schüttelt Plö die freie Hand, wobei er an dessen linkem Handgelenk eine lederne Bandage mit mehreren Schnallen entdeckt.

„Mein Herr! Wie können Sie mir eine derart wichtige Verbindung verheimlichen! Römischer Ringkämpfer?"

„Na, ja."

„Wissen Sie noch - auf allen Plätzen nur ein einziger Heiermann."

„Quatsch! Auf allen Rängen!"

„Ich bin mir ziemlich sicher, dass es Plätze waren, aber bitte, wenn Sie meinen, dann eben auch auf den Rängen der Plätze.

Wir sprechen ohnehin von goldener Vergangenheit. Freundschaftspreise mit Langzeitwirkung - ohne Garantie, wenn nicht vorher vereinbart."

Urbs hat selten ein Bauchgefühl. Jetzt ist es da und legt ihm die Wortführung in den Mund.

„Wann kam denn bei Ihnen der große Durchbruch? Schon in Ninive oder erst bei den Meisterschaften in Rom?"

Er hofft, durch Kenntnisreichtum zu imponieren und von Plös Widerspruchsgeist zu profitieren. Ein Eigentor von ihm käme Urbs gelegen.

„In Athen waren leicht abgewandelte Regeln gültig, deren Falten ich nicht mehr in allen Feinheiten erinnere. Vielleicht können Sie mir weiterhelfen, sie neu zu entdecken", fachsimpelt Urbs weiter.

Plö guckt interessiert, was das Maximum an Höflichkeit ist, das er sich bei talentiertem Unvermögen an Verständnis abringen kann.

„Ich sehe, ich kann gehen", merkt Urbs mit Genugtuung an. „Vergessen Sie die Horoskope nicht! Der Wendekreis der Sonne ist schon über dem KrePo-Hochhaus zu erkennen", ruft er über die Schulter.

Unabhängig vom Sonnenstand ist der erste Wendekreis für KrePo-Mieter die Schlüsselkarte mit Geheimcodes.

Urbs hält es deshalb mit dem Grundsatz, dass etwas Geheimes auch für ihn selber so geheim wie möglich sein muss. Dessen Einhaltung beschäftigt ihn Tag und Nacht, wofür er sich Aufbewahrungsorte ausdenkt, die er unberechenbar schnell, oft und unauffällig wechselt, was er als Aufmerksamkeitsübung betrachtet.

Ein Muss jeden Tag: der Blick auf den Bildschirm im Eingangsbereich, auf dem der jeweilige Status als „Vermietet", „Reserviert" oder „Frei" darstellt wird, was über die Karteneinlesung erfolgt, die der Verwaltung elektronisch übermittelt wird.

Im Geiste zeichnet er Wege und deren Alternativen nach, die der Kranführer hätte rein theoretisch einschlagen können. Er sucht seine Karte, findet sie ungewöhnlich schnell und lässt sich vom Fahrstuhl in das oberste Stockwerk tragen, wo er einen KrePo angemietet hat.

Vom Fahrstuhlaustritt her gesehen links herum, vorbei an der Gemeinschaftstür von zwei Damentoiletten, ist für Urbs weniger zeitaufwendig als rechts herum, wo sich zwei Herrentoiletten befinden.

Urbs nimmt für den Kranführer aus eben dem Grund die regelwidrige Nutzung der Damentoiletten in Anspruch. Er bringt ihn dorthin und holt ihn auch wieder ab, um sich keines Verstoßes gegen die Hausordnung schuldig zu machen, die Besuche im KrePo-Bereich untersagt.

Sogar er selber als KrePo-Mieter der obersten Erfinderkaste hat sich bisher eines kulturpolitischen Flurtourismus enthalten, der eh nicht ergiebig sein würde, da das Ambiente der einzelnen KrePos drinnen wie draußen völlig identisch und ausnahmslos spartanisch ist.

In keiner Glaskabine gibt es mehr als einen Tisch im Stil eines gut durchdachten Möbelsystems, zwei dazu gehörige Stühle, einen kleinen Unterbaukühlschrank für den Schreibtisch, der für eingeschränkte Beinfreiheit sorgt, dessen Eisfach jedoch für alles unschätzbare Dienste leistet, dessen Haltbarkeitsdatum verlängert werden soll.

Urbs selber kann seinen eigenen KrePo leicht daran erkennen, dass sein Schreibtisch im Gegensatz zu dem seiner Nachbarin zur Linken und dem seines Nachbarn zur Rechten, den er noch nie gesehen hat, blitzblank aufgeräumt ist.

Er tritt aus dem Fahrstuhl und pirscht sich an die Damentoiletten heran.

Zu hören ist nichts, was kein Zeichen für Entwarnung sein muss. Er drückt die Klinke der Eingangstür vorsichtig herunter und späht durch einen Spalt ins Innere. Beide Abteile sind eindeutig frei.

Erleichtert geht er noch einmal den Flur zurück und schwenkt nach rechts in den Abschnitt mit den Herrentoiletten, wo er gedenkt, die erfolgreiche Übung von links zu wiederholen, was ihm zu seiner Zufriedenheit gelingt.

Jetzt heißt es, dem Kranführer auf die Schliche kommen. Noch ein paar Schritte... Der KrePo seiner Nachbarin mitsamt Mieterin rückt in Urbs' Blickfeld.

Heute: Madame KrePossa in Vollendung. Brünett, adrett oben wie unten und mit eindeutig begehrlichem Augenaufschlag, was verheißungsvoll aussieht, aber erfahrungsgemäß nicht viel bedeuten muss.

Urbs ist berührt. Wie, kann er nicht genau definieren, will jedoch diese bisher einmalige Chance nicht ungenutzt verstreichen lassen, tritt in seinen KrePo ein, langt in den Kühlschrank unter dem Schreibtisch und holt ein steifes Brett mit überfrosteter Inskription aus dem Gefrierfach.

Was sie genau besagt, kann er in ihrem derzeitigen Aggregatzustand nicht entziffern, ist jedoch der Überzeugung, dass sie bei Wärmeinwirkung beweist, seinem hohen Erfinder Niveau gewachsen zu sein und steht nun vor der Entscheidung, Madame das Tiefgefrorene anzubieten oder es erst abtauen zu lassen und zwischenzeitlich etwas Neues zu texten.

Er hält das gefrorene Teil hoch und macht dazu eine fragende Geste hin zu der genauso cleveren wie attraktiven Kollegin mit ausgeprägtem Eigensinn in Wort und Schrift.

Madame KrePossa schüttelt den Bubikopf zu einem Bob auf und rollt mit den Augen, was für Urbs in Kenntnis ihres von astrologisch-astronomischer Mystik umwaberten Metiers schwer zu interpretieren ist.

Die Vermutung liegt nahe, dass sie einen neuen Kunden an der Angel hat, dessen Auftrag einfache, verständliche Prognosen unter Berücksichtigung der neuesten Grundlagenforschung für schwierige Verhandlungen fordert.

Urbs hingegen ist es darum zu tun, als nachbarschaftliche Assistenz eine einfache, verständliche Anschauung nach letztem Stand seiner eigenen Erkenntnisse anzubieten.

Die Anonymität der durch schallgeschützte, entspiegelte und mit UV-Filter versehenen Glastrennwände des so in einzelne KrePo-Segmente geteilten Großraums lässt es zu seinem Bedauern nur äußerst mangelhaft zu.

Dennoch vermeint er warme Zustimmung für seinen Energieaufwand zu erkennen und pult einen zweiten haltbar gemachten Text aus dem Gefrierfach, der in Abwandlung des ersten Tiefgefrorenen einen niedrigeren Schmelzpunkt hat und umgehend zu tropfen beginnt, was ein nicht uninteressantes, aber leicht desolates Bild abgibt und kaum geeignet ist, es seiner kunstbefangenen KrePo-Nachbarin als Eigenwerbung zu überreichen.

Urbs sucht deshalb nach isolierendem Zeitungspapier, das er normalerweise in Mehrfachlagen auf der Fensterbank deponiert, als sein Blick auf den Kranführer fällt.

Der hockt mit finsterer Miene in seiner Kanzel und drückt sich beinahe die Nase an der KrePo-Fensterscheibe platt, den Latz seines Drillichs hat er heruntergeklappt, die Fäuste um langstielige Schalthebel geballt.

Urbs bekommt einen Heidenschrecken und findet es beinahe unverzeihlich, jetzt davon ablassen zu müssen, Madame KrePossa zu ihrer Erbauung zwei wunderschöne Sterndeutungen in, wenn schon nicht ganz korrektem, so doch lesbarem Zustand der Verlaufenheit, leihweise zu überlassen.

„Ich muss ihn mal eben befreien", ruft er gegen die Glaswand und zeigt auf den Kranführer.

Die angetauten Arbeiten verschwinden wieder im Gefrierfach. Urbs' Stimmung selber ist auf einem soliden Nullpunkt. Er verwünscht Plö, die Toiletten links und rechts, die Karte mit ihrer ungeheuren Wichtigkeit, das Tiefgefrorene, ein bisschen sich selbst, weil er in Handlungszwang ist und ihn gerne vermeiden will.

Wütend zerrt er seine Sachen vom Tisch und schmeißt sie auf den Besucherstuhl.

Dann lässt er sich geräuschvoll auf den Schreibtischstuhl fallen.

Wie zuvor zieht er die Hosenbeine an den Bügelfalten hoch, rückt mit dem Stuhl ein paar Mal hin und her, adjustiert die Länge der Hosenbeine wiederum präzise und geht schließlich über den Schreibtisch gebeugt in etwas verquer anmutende Stellung, um sich über eine Tüte mit Blaubeermuffins herzumachen, die er für sich als Tagesverpflegung mitgebracht hat.

Urbs guckt nicht rechts und nicht links, den Blick geradeaus vermeidet er stur. Er beißt inzwischen mit unvermindertem Genuss in einen dritten Muffin. Erst dann wagt er die Rundumschau.

Madame KrePossa und der Kranführer starren ihn entgeistert an.

„Merkwürdig", kommt es Urbs, „was mache ich anders als sonst?"

Er gibt sich einen Ruck und reißt sein KrePo-Fenster auf, dass die Scheiben klirren, um es sofort wieder zuzuwerfen.

Durch eine beschwichtigende Geste deutet er dem Kranführer den Wunsch nach einem weniger aggressiven Stimmungspegel an, um eine Konsolidierungsphase seiner Gefühle, Gedanken und ihrer jeweiligen Nebenauslöser vor einer direkten Begegnung mit dem Kranführer zu erreichen. Nicht zu ausgiebig, aber ausgiebig genug, um klug handeln zu können.

Er legt sein Tablet auf den Schreibtisch und öffnet es für einen Text über den Werdegang von Tiefgefrorenem in der Nachtauphase zu halbgefrorenem „Fürst Pückler", klappt es jedoch wieder zu und öffnet das Fenster erneut:

„Gestatten, mein Name ist Urbs. Sie wünschen?"

Dem Kranführer verschlägt es zunächst die Sprache, aber nicht lange: „Red' nicht so geschwollen", schiebt er Urbs' Gesprächseröffnung zur Seite und schickt sich an, mit einem sportlichen Satz an Urbs vorbei den KrePo zu entern.

„Ich bestehe ab sofort auf der förmlichen Einhaltung des Zutritts zu meinem KrePo", hält Urbs gegen.

„Wieso? Ging doch bisher!"

„Weil ich einen Schrecken bekommen habe, sogar einen Heidenschrecken, den ich mir nur ganz selten leiste. Ich finde es unhöflich, jemandem ohne Not einen Schrecken einzujagen. Tut man so etwas? Wir hätten uns nicht einmal namentlich ausrufen lassen können, wenn wirklich etwas passiert wäre!"

Dabei hält er die bereits etwas lädierte Tüte umklammert, als wolle sich der einzige verbliebene Blaubeermuffin daraus befreien und, ohne auch nur einen

Krümel oder ein Schmachtfetzchen von Blaubeere für Urbs zu hinterlassen, zum Kranführer überlaufen.

„Ich verweise Sie meines KrePos mit allen dazu gehörigen Konsequenzen", geht er den Kranführer scharf an.

Der kommt aus seiner Kanzel gekrochen, steigt breitbeinig über die Fensterbank in den KrePo und baut sich vor Urbs auf: „Das kann doch nicht Dein Ernst sein?!"

„Wieso nicht?", giftet Urbs zurück. Wir können aber daran arbeiten. Ich erwarte das Minimum an Anstand."

„Und das wäre?"

„Eine Vorstellung, die der allgemein üblichen Form entspricht."

„Kann ich vorher zum Locus?"

Urbs fühlt sich durch die Wortwahl derart provoziert, dass er im Begriff ist, den Kranführer mit Nachgiebigkeit zu überraschen, als Madame KrePossa aufsteht und sich anschickt, ihren KrePo zu verlassen.

„Geht nicht", flüstert Urbs dem Kranführer zu. Er deutet auf seine Kollegin.

„Wie wär' es mit ‚Herren'?"

„Auch 'ne Idee", gibt Urbs zu. Er sucht seine Karte, findet sie schließlich und lässt den Kranführer aus dem KrePo, der sich mit einem „Pass derweil auf mein Gerät auf", in Richtung Örtlichkeiten verabschiedet.

Urbs geht in Observationsstellung, wie bei der Erstellung von komplizierten Sterngutachten erforderlich, schlägt mal die Beine links herum übereinander, mal rechts herum, mal lehnt er sich vor, mal zurück.

Er müsste längst ungeduldig, ärgerlich oder geduldig wütend werden und wird es aus ihm unerfindlichem Grund nicht, obwohl er seit dem heiklen Abgang des

Kranführers Richtung „Herren" kein Lebenszeichen von ihm hat.

Nicht nur das. Urbs pflegt sein Ego und vermisst ihn nicht die Spur. Es zeichnet sich Vergessen durch Verdrängen ab.

Er wünscht einen längeren Weg-Verbleib des Kranführers, wie auch Plös Totalausfall als Generator von Unannehmlichkeiten, die noch nicht entschärft sind, weil sich kein erkennbarer Bedarf an Plös Kranführerschaft abzeichnet.

Überhaupt ist Urbs nicht in der Stimmung, sich unter den gegebenen Umständen damit auseinanderzusetzen, vielmehr ist er gedanklich mit Madame KrePossa beschäftigt und wünscht sich sehnlichst einen dauerhaft wirksamen Einfall, sie zu dem zu machen, was er gerade zuvor noch imstande war, sich nicht sofort zu wünschen.

Nichts Verwerfliches. Etwas, was man sich wünschen darf, wenn die Erfüllung bis auf weiteres weder fällig ist, noch eingefordert wird.

Die ersten nur schemenhaften Takte zu einem passenden Horoskop für sie – ein Desaster. Für eine in sich ausgewogene Komposition mit Spannungsbogen fehlt eine Introduktion. Sie müsste hin- wie mitreißend klingen, unvergesslich, aber nicht aufdringlich.

Sie müsste der perfekte Ersatz für beabsichtigte und doch unwirksame Gesten, Blumen, Blicke sein, ohne sich ein für alle Mal die Zukunft für beabsichtigte und wirksame Gesten, Blumen, Blicke zu vermasseln.

Urbs denkt nach und spielt so hingebungsvoll mit seiner Fantasie, dass er sich in der Tastatur seines Tablets verdrückt und statt der nunmehr nicht mehr ganz sauberen Blankoseite eine Tabelle mit den Glück verheißenden Orten rechts und links von internationalen Himmelsstraßen zu fassen bekommt.

Er zieht in Erwägung, Madame KrePossa ebenfalls dort anzusiedeln.

„Madame KrePossa…"

Urbs überlegt, ob es Sinn macht, ihr zu erklären, weswegen er der Überzeugung ist, ihr Leben stehe unter einem guten Stern, verwirft es aber sogleich als ausgemachten Unsinn, weil er meint, davon ausgehen zu können, dass Madame weiß, was sie wert ist.

An dieser Stelle verliert sich Urbs in Träumerei und wird auf angenehme Weise auf den Boden der Tatsachen zurückgeholt: Madame KrePossa kehrt zurück und scheint resistent gegen jegliche Außenwirkung zu sein.

Urbs rutscht auf der Sitzfläche tief in den Schreibtischstuhl hinein und schließt die Augen. Dunkle Verzweiflung darüber, nicht alles erfinden zu können, besetzt seine Tatkraft, als der unwahrscheinliche Zufall es will, dass Madame KrePossa gerade in diesem

Augenblick von ihrer Arbeit aufsieht und Urbs anlächelt.

Er hält das Tablet nicht hoch, auf dem genug dokumentiert ist, um Bände über Madame KrePossa zu füllen. Er holt keine Texte aus dem Gefrierfach, um sie vor Gebrauch bis auf ein für Madame KrePossas Geschmack zuträgliches Versmaß auf einem Haarsieb abtropfen zu lassen, um dann die wohl temperierten Verse auf einem schmucken Teller darzureichen.

Er macht kein Zeichen, was unfehlbar auf eine dringende Besprechung in Sachen Beziehung schließen lässt.

Er steht und lächelt versonnen weiter, bis sich zur zeitlosesten Unzeit der Kranführer bemerkbar macht und Einlass begehrt.

„Nein", hört sich Urbs zu seiner Genugtuung laut und deutlich sagen, „es passt jetzt ganz und gar nicht."

„Du spinnst!" Der Kranführer quält den KrePo-eigenen Klingklang vor der Tür, bis er protestierend unter Quietschen verstummt.

„Sie! Machen Sie, dass Sie von meinem Klingklang runterkommen!"

Urbs teilt gelegentlich mit vollem Mund aus, ohne vorher etwas hineingetan zu haben, was die Verständlichkeit der Aussprache beeinträchtigt.

„Sch..." Der Kranführer verschluckt den unappetitlicheren Teil des Wortes, was Urbs ihm als Pluspunkt anrechnet und seinen Schreibtischstuhl näher an die Tür heranrückt. Er lässt sich in aufreizend herrschaftlicher Haltung darauf nieder und schlägt als gepflegten Schlussakkord ein Bein über das andere, nicht ohne auch jetzt wieder das geforderte Hosenbein an der Bügelfalte leicht anzuheben.

„Hör zu", beginnt der Kranführer erneut. Die Stimme hat etwas schmierig

Verbindliches. „Mach auf, ich hab Dir etwas mitgebracht."

„Haben Sie sich überhaupt die Hände gewaschen? Ohne kommt hier sowieso keiner rein!"

Dann: „Ich will nicht so sein." Er wirft dem Kranführer die Tüte mit dem übrig gebliebenen Blaubeermuffin über die Einhausung des KrePos.

„Wie wäre es mit einem Untersatz?" Der Kranführer schwenkt die Tüte. „Im Gegenzug nehme ich den Helm für Dich ab."

„Den letzten Blaubeermuffin gibt es immer auf die Faust". Urbs ist in Kampfbereitschaft, ohne es auf mehr als ein Scharmützel ankommen zu lassen und lehnt sich entspannt an seinen Schreibtisch, als er zu seinem großen Erstaunen denjenigen leibhaftig sieht, den er für ein Phantom hält.

„Kann ich Ihnen helfen?", fragt das Phantom den Kranführer durch die Glas Einhausung.

Der verdrückt gerade den Rest des Blaubeermuffins und hat umständehalber keine vorteilhafte Antwort parat, lässt jedoch das Phantom schon mal etwas vernuschelt wissen, dass er eigentlich in den KrePo von Urbs will.

„Ich habe nichts dagegen, wenn Sie mir Gesellschaft leisten wollen, während ich auf eine Inspiration warte", bietet das Phantom an.

Der Kranführer schickt sich an, das indirekte Angebot zu akzeptieren. Er stellt sich rein prophylaktisch schon mal um, was der phantomale KrePo mit hellem, unverbrauchtem Klingklang quittiert und Madame KrePossa auf den Plan ruft.

„Genial!", ruft sie verzückt. „,Maisonette' fehlte mir."

Das Phantom öffnet die Tür seines KrePos weiter als es notwendig gewesen wäre, um in Sprechkontakt zum Kranführer und Madame KrePossa zu treten. Er öffnet sie so weit, dass der Kranführer widerwillig ausweichen muss.

„Ich möchte darauf aufmerksam machen, dass..." Er nähert sich Madame KrePossa beinahe auf Tuchfühlung und sieht ihr herausfordernd ins Gesicht. „Wie nennen Sie meinen Klingklang? ‚Maisonette'? Ich mache Sie darauf aufmerksam, dass es sich um meine ‚Maisonette' handelt. Sie kann nicht ohne meine Zustimmung verwertet werden."

Urbs ist empört. Er erhebt sich würdevoll, wie er es während seiner gesamten griechisch-römischen Erziehung in der Obhut bester Betreuung gelernt hat und gesellt sich zur Versammlung vor seinem KrePo:

„Gestatten, mein Name ist Urbs. Darf ich wissen, über was Sie konferieren?

Unter Umständen können wir ins Geschäft kommen."

Er lässt seinen kühlen Blick über das Gesicht des Phantoms gleiten, bemerkt voller Genugtuung die Überraschung und fügt hinzu: „Die Dame ist übrigens meine KrePo-Nachbarin und der Herr hier ist mein Kranführer. Er hat sich doch sicherlich schon bekannt gemacht?"

„Was soll der Unsinn?", zischelt der Kranführer und kassiert umgehend einen fühlbaren Stoß in die Rippengegend. „Los, stellen Sie sich vor, sonst sind Sie verloren! Sie dürfen hier noch nicht mal als mein Schatten sichtbar sein."

„Wo denn?"

„Im Erdgeschoss, nach Anmeldung bei der Verwaltung."

„Das ist mir zu weit."

„Nun aber dalli!" Das ist ein Befehl. Selbst der Kranführer erkennt ihn an.

„Gestatten, mein Name ist Plöger." Er guckt in die Runde, als wolle er sich bewerben: „Frieder Plöger, aktiver Kranführer."

Der Ball ist wieder bei Urbs. Er hat sich darauf eingerichtet und steht unter Aufbietung seiner gesamten Muskelspannung schräg senkrecht, wobei er von seinem Urbs-Bewusstsein wie von einem eisernen Korsett gehalten wird.

„Sie! Sie verbauen sich Ihren Aufenthaltsplan, wenn Sie nicht auf der Stelle mit der ganzen Wahrheit heraus rücken!", mahnt Urbs Kranführer Frieder Plöger.

„Mein Plan ist mein Kran, und der steht vor Deinem Fenster."

„Unter den gerade angedeuteten Umständen muss ich in Erwägung ziehen, dass es nicht Ihr Kran ist."

Urbs zieht ein Register von vielen, die er beherrscht. Sie sind in ihm verankert wie bei anderen der Biorhythmus, den er außerdem als residenzpflichtige Nebenwirkung beherbergt.

„Bist Du noch ganz bei Trost?"

„Eben!", sagt Urbs. „Eben, das bin ich. Sogar im weitesten Sinne des Wortes, wenn es Sie tröstet."

„Sie meinen, er braucht Trost?" Madame KrePossa tätschelt Kranführer Frieder Plögers Arm und erbietet sich in unkompliziertester Art und Weise, ihn nach draußen zu begleiten.

Gleichzeitig hält sie Ausschau nach dem Phantom. Vergebens. Es ist grußlos entschwunden, so dass Madame KrePossa der Konfliktlösung enthoben ist, ihre besonderen Begabungen zwischen Kranführer Frieder Plöger und dem Phantom umsichtig aufzuteilen, ohne selber ins Hintertreffen zu geraten.

„Herr Plöger, könnten Sie mir Ihren Kran zeigen?", hört Urbs Madame Krepossa von neuem zwitschern. „Ich möchte einmal ganz oben auf einem hohen Kran sitzen und die KrePos von außen betrachten!"

„Der Kran steht vor m e i n e m Fenster", wirft sich Urbs zwischen Madame KrePossa und Kranführer Frieder Plöger. „Es wird sich kaum machen lassen, dass Sie..." Er kämpft gegen Eifersucht und Neid. „Das Aufenthaltsrecht ist verwirkt! Sehen Sie zu, wie Sie ‚Damen' erreichen, Herr Plöger, Sie Kranführer, Sie! Sie können mich mal..."

„Das will ich meinen!"

„Das will ich meinen!", echot Madame KrePossa. „Herr Plöger, Sie können so oft auf ‚Damen' gehen, wie sie wollen. Lassen Sie das nur meine Sorge sein!"

„Eben!", sagt Urbs. Eben, das soll Ihre Sorge sein. Zuvor bitte ich jedoch um Ihren Namen. Ich brauche Zeugen.

Noch ist die Eigentumsfrage des Krans nicht geklärt."

„KrePossa", lächelt Madame. „Ich meine gehört zu haben, dass ich KrePossa heiße."

Urbs ist entzückt. Teilweise. „Madame, welch' ein bezaubernder Name! Ein Künstlername, wie ich vermute?"

Madame KrePossa ist ebenfalls entzückt. Ihre hintergründige List steht der von Urbs nicht nach. Sie lässt augenblicklich von Frieder Plögers Arm und schichtet ihre handliche Berührung auf Urbs' Arm um, der unglücklicherweise wie ein Flipflop nachgibt und sich schlaff herunterhängen lässt, was Madame KrePossa als Zurückweisung empfindet. „Etwa auch Künstler?"

Ohne eine Antwort abzuwarten, sucht sie erneut Halt bei Kranführer Frieder Plöger, der nach Urbs' Geringschätzung weit davon entfernt ist, mit Kunst und Kultur näher als unbedingt notwendig in

Berührung gekommen zu sein, dafür aber in allen für Urbs einsehbaren Lebenslagen an Kranführerhaltung und Gewichtung zunimmt. „Wir gehen, nicht wahr?", lockt Madame KrePossa.

„Madame, ich bitte Sie - mäßigen Sie sich doch! Exzessive Aufregung ist nichts für Schönheiten wie Sie!" Urbs ist sich der kritischen Situation bewusst geworden und versucht, einen Meinungsumschwung bei Madame KrePossa zu bewirken.

„Ich wollte gerade fragen, ob Sie Lust auf einen von mir eigenhändig mit Espresso gemischten Milchkaffee haben.

Ich habe eine Cafeteria entdeckt, sehr chic, niegelnagelneu. Zu allen alkoholfreien Getränken werden Zuckerwürfel mit Horoskopen serviert, die Sie begeistern werden."

Frieder Plöger lacht aus vollem Halse. Er scheint das häufiger zu praktizieren, sonst hätte er kaum den Ton auf Anhieb getroffen. „Kommen Sie, ich zeige Ihnen lieber einen ordentlichen Kran!", höhnt er und stupst Madame KrePossa auffordernd in die Seite, so dass sie sich anschickt, Urbs' Schreibtischstuhl ans Fenster zu ziehen, um sich eine günstige Ausgangsposition für den Ausstieg in die Krankanzel zu sichern.

„Ich verbiete Ihnen die Benutzung meines Stuhls!", herrscht Urbs sie an. Und zu Frieder Plöger gewandt: „Sie verlassen augenblicklich meinen KrePo. Ich möchte nicht erleben, dass dieses schwere Gerät von meinem Fenster verschwindet, ohne dass ich nicht den rechtmäßigen Eigentümer herausgefunden habe. Unter Umständen sitzt er unten auf der Bank und wartet."

„Er wartet nicht", wirft Frieder Plöger trocken ein. Dazu macht er sein „Du-kannst-mich-mal-Gesicht" und tritt den Rückzug über den Abgang durch die KrePo-Tür an. Madame KrePossa stellt umgehend die Besteigung der Fensterbank ein und zieht mit.

Zurück bleibt Urbs. Sehr allein und in sicherem Abstand, um einen gefühlt ewigen Moment innezuhalten und alles in seinem Gedächtnis zu sammeln, was bei ihm an assoziierten Merkwürdigkeiten zu den Grundmerkwürdigkeiten der römischen Vergangenheit unter Einbeziehung der lokalen Besonderheiten mit allen Bezugspunkten weltweit aufgelaufen ist.

Frieder Plöger und Plö haben ihm ein komplettes Füllhorn davon geliefert. Von Madame KrePossa ganz zu schweigen.

Eingedenk einer seiner Maximen, dass Verbesserungen tunlichst so schnell wie möglich erreichbar gemacht werden müssen, versucht er herauszufinden, ob er die Krankanzel entern kann. Sie ist verschlossen. „Frieder Plöger! Halunke, der! Verspricht Madame KrePossa den

Himmel auf Erden, fordert für sich Zutritt zu überall hin und verrammelt sogar seinen Kran, wenn er bloß 'ne Pinkelpause macht!"

Urbs spürt erlösenden Ärger in sich aufsteigen. „Fauler Sack! Macht einen auf schlau und späht mich auf die ganz billige Tour aus. Behauptet, Plö zu kennen! Da stimmt was nicht! Es riecht nach… "

Er kann die Geruchsrichtung noch nicht so recht bestimmen, ist jedoch entschlossen, Frieder Plöger auf die Schliche zu kommen. Dazu muss er sich auf die alte Ochsentour im Außendienst begeben.

Urbs wirft einen kritischen Blick über den geordneten Zustand des KrePos, sucht seine Karte, findet sie, verlässt den KrePo und verschließt ihn mit gesteigerter Aufmerksamkeit.

Danach überlegt er, unangemeldet „Damen" wie auch „Herren" zu kontrollieren, ob dort, als Possenspiel des

Zufalls, Madame und/oder Frieder Plöger allein oder den Umständen entsprechend mehr oder weniger gemeinsam anzutreffen sind.

Der Befund fällt negativ aus, was unspektakulär wäre, wenn es Urbs tatsächlich beruhigen würde. Zwecks Behebung dieses unbefriedigenden Zustands begibt er sich in den Eingangsbereich, wo er sich dem Studium der elektronischen Tafel widmet.

Auf den ersten Blick erkennbar: Das Phantom hat gehandelt. Sein KrePo ist auf „Frei" geschaltet.

Madame KrePossa ist mit ihrem ins Feld der vorläufigen Reservisten gerückt. Urbs wittert Ungemach, das einen Namen haben könnte: Frieder Plöger.

Ihn durchzucken wilde Vermutungen. Er dreht sich auf dem Absatz um und macht sich auf den Weg zur Verwaltung, um sein Interesse anzumelden, Madame KrePossas KrePo zu mieten, sobald er zu haben ist. Wenn unumgänglich, sogar ganztags zusätzlich zu seinem eigenen.

Der KrePo des Phantoms interessiert ihn aus einem anderen Grund. Er hat dort einen Kondensstreifen entdeckt, nachdem das Phantom sich unter Mitnahme der „Maisonette" auf und davon gemacht hat.

Urbs würde gerne den Kondensstreifen des Phantoms als Tacho in seinen eigenen KrePo einbauen.

Die Verwaltung hat bereits geschlossen, so dass Urbs als nächstes beschließt, Plö nicht länger auf der Bank warten zu lassen und erreicht etwas atemlos die Freifläche, die freier ist, als er sie sich gewünscht hat.

Plö ist weg, die Bank ist weg. An ihrem Platz steht ein Farbeimer mit weißer Grundierung.

Ist Plö etwa mit der Bank allein..? Huckepack? Selbst als gestandener Ringkämpfer in seinem Alter kaum zu wuppen. Die alte Clique von damals, ausgedünnt und ohne Schwung, Plö zum Trotz nicht auf den Plätzen der Ränge, sondern auf den Sperrsitzen mit grünen Plastik Zitterpalmen in den Händen.

Dazu im gymnastischen Rhythmus ihrer Schule ohne textsicheren Vorturner in geistigen Kapriolen völlig verloren, so dass

„Spring, spring
nur im Ring.
Lass' die Matte aus,
altes Haus,"

ein Quo ohne Status statt Status quo bleibt und Urbs auf blauen Dunst hinaus seiner Fahndungslust frönt.

Er widmet sich mit Akribie dem Umfeld des Farbeimers und stellt fest, dass Plö dem Gesamtschneidegrasbestand des grünen Erholungsraums sichtbar viele Teile entnommen hat. Einem Ex-Ringkämpfer mit Erfahrung in römischen Vorzeige Wettkampfstätten sieht er das zwar nach, heißt es aber nicht gut.

Urbs muss zugeben, dass er Plö wohl mit Vorschusslorbeeren versehen hat und entdeckt dann auch noch zu allem Überfluss, dass Plö die ihm zugedachte Gedächtnisstütze in das Gestrüpp des Hags gequält hat. Er werkelt die Blätter mühsam und mit Vorsicht zwischen verstaubtem Laub und dornigen Zweigen heraus, um sie schließlich sorgfältig zusammen gefaltet in seine linke Sakkotasche zu stecken.

Dann macht er sich auf den Weg, den er mit Plö gekommen ist, um ihm die Textblätter bei nächster Gelegenheit zurück zu geben. Nur noch dieses eine zweite Mal, wenn es sich ergibt. Mehr Zeit gibt er Plö nicht. Ihn drängt es, den gesamten Problemkomplex rund um die Überkreuzverbindungen Plö-Plöger-Madame KrePossa auf den Prüfstand zu stellen.

Seine erste Amtshandlung als pflichtbewusster KrePosist und gewissenhafter Urbs aus besten Zeiten von Ninive bis Rom, als es noch maßgeblich positiv an der Gestaltung der Welt teilnahm, muss die Klärung der Umstände sein, die zur Umetikettierung von Madames KrePo geführt haben plus Eruierung einer möglichen Übernahme der Oberleitung des Kondensstreifens, falls das Phantom keinen Anspruch auf Eigenbedarf erhoben hat. Zwei schwierige Fragen, die Urbs ab jetzt beschäftigt halten.

Derweil hat er, ohne Plö irgendwo auftreiben zu können, ein schmales Wohnhaus erreicht, das in bescheidener Eleganz die Lücke zwischen zwei auffälligen Bürohäusern alten Stils schließt.

Dort wohnt Urbs zur Untermiete, um die Zeit zwischen Sonnenuntergang und Sonnenaufgang nach eigenem Gusto anständig zu überbrücken.

Er schließt die Wohnungstür auf, tritt vorsichtig ein, zieht seine Schuhe aus, indem er sie ohne Wackler mit dem jeweils anderen Fuß abstreift, stellt sie auf die eigens dafür vorgesehene Matte ordentlich nebeneinander, hängt sein Sakko auf einen Bügel an die Garderobe und inspiziert lustlos den gut gefüllten Kühlschrank in der Küche, so dass er sich für einen Milchmix aus löslichem

Espressopulver mit Schokoladengeschmack und einen ganzen Cocoszwieback entscheidet.

Danach widmet er sich der ungelösten Frage, ob Plö Frieder Plöger entfernt oder näher kennt, Frieder Plöger hingegen Plö eher näher als entfernt.

Vor diesem Hintergrund beschäftigt er sich mit den beiden in einem Selbstgespräch auf Basis der bei ihm inzwischen aufgelaufenen, punktuellen Informationen, als ob Plö und Frieder Plöger ihm in Wirklichkeit gegenüber sitzen würden, was er wünschenswert fände.

Es wäre im Sinne aller Beteiligten, wenn sein spekulativer Verdacht, Plö und Plöger würden gemeinsam einen Handel mit Übersee betreiben, durch fachmännische Begutachtung auf ein solideres Fundament gestellt werden könnte.

Vorstellbar: Toilettenpapier auf Innovationsrollen. Tausend Blatt reißfest und in einem Stück. Wie gemacht für Horoskope am laufenden Meter.

Es könnte sogar sein, dass Kranführer Frieder Plöger sich nur zum Zweck der Toilettenspionage durch Urbs' KrePo auf die Flurtoiletten schleicht und Proben der hausüblichen Papiere entnimmt, sie auf dem Kran auswertet und einige davon Plö zur Laborforschung auf einer verschwiegenen Bank zustecken will.

Es könnte ganz entfernt sein, dass Madame KrePossa mit einbezogen werden soll, sich mit den subtilen Mitteln einer kapriziösen Frau in der Verschwiegenheit über Sinn und Zweck der Toilettenspionage einzurichten.

Nach Urbs' eigenem Drehbuch kriegen sich Plö und Frieder Plöger aber zunächst über ihre beruflichen Werdegänge kräftig in die Wolle.

Auf die an Plö gerichtete Frage nach seinem Lieblingsrezept als Smutje, würde Frieder Plöger sich vorlauten lassen, Plö sei gar nicht Smutje, sondern Moses gewesen, ein Milchbart, der einen Fusselrasierer von der Mutter mit auf die Reise bekommen hätte.

Plö würde zurückkeilen, Moses sei allemal ein Smutje, nicht erst seit kurzem, sondern immer schon gewesen. Da könne auch Frieder Plöger nicht dran rütteln und überhaupt sollen die Letzten die Ersten sein und die Kleinen ganz groß werden, wenn sie einmal stubenrein sind.

„Aber dann", würde Frieder Plöger einwenden, „dann haben Sie ein Problem mit dem Herrn Smutje alias Moses, wenn Sie so wollen."

„Und – welches wäre das?"

Urbs ist tief in die Thematik eingetaucht. Was ihm von Frieder Plöger an dem Doppel Smutje und Moses als schwierig dargestellt wird, will ihm nicht einleuchten, zumal sie offenbar beide aus einem Topf gegessen haben. Er opponiert höflich.

„Eben!", sagt Frieder Plöger wichtig und imitiert Urbs' Sprechweise. „Eben, das Doppel in einem Satz ist es. Wer sich selbst erhöht, soll erniedrigt werden."

Urbs ist dieser Gedankengang aus Sicht und Gefühl eines Urbs aus urbs'schem Moralgestein völlig fremd. Aufsteigerbedenken hatte es hingegen in der griechischen Periode gegeben, wenn Vorbilder ausgetauscht wurden

Aus Mangel an konkurrenzfähigem Wissenspotential hatten sie erst nach Jahrhunderten bemerkenswerter Platzhalterschaft im Chor der Marktgrößen an ursprünglicher Bedeutung eingebüßt und seitdem Synergieeffekte auf ihr Banner geschrieben.

„Wird der Smutje Ihnen den Fusselrasierer andienen, wenn er nach menschlichem Ermessen ausgefusselt hat?"

Frieder Plöger würde darauf bestehen, dass Urbs sich festlegen soll, ob er sich auf Moses als Smutje oder den Smutje als Moses bezieht, was Urbs ablehnt. Ihn interessiert die Haltung von Frieder Plöger zu Milchbärten an sich:

„Könnte es sein, dass Sie einem Fusselrasierer mehr Fähigkeiten absprechen, weil Sie es verabsäumt haben, sich mit einem Einkammersystem vertraut zu machen?", wagt sich Urbs vor.

„Ich werde mich über einen innovativen Mehrkammer-Fusselrasierer für die Transits auf dem Weg zu den KrePo-Toiletten erkenntlich zeigen, sobald er die Testphase bei internationalen Milchbartwettbewerben ohne Beanstandung durchlaufen hat", würde Frieder Plöger versuchen, Plö an die Wand zu reden.

Urbs ist verärgert. Plö würde nicht die geringste Chance haben, sich bei ihm endlich für die Horoskope aus dem römischen Frischedepot zu bedanken.

„Ich schätze Ihre Gastfreundschaft nach wie vor, selbst, wenn ich gezwungen bin, ihr auszuweichen", würde Frieder Plöger ihn mit einem Anlüpfen des Kranführer-Bauhelms wissen lassen und zum ersten Mal seinen vollen Schopf sehen lassen.

„Wohin?"

„Wir gehen dahin, wo wir hergekommen sind. Immer den Sternen nach."

„Zusammen?"

„Sie meinten doch selber, dass es ohne Moses und Smutje nicht geht. Sag' doch mal selber, Frieder!"

Urbs verschluckt sich vor Aufregung an seinem Milchmixgetränk, das er sich zwischendurch zur Stärkung gönnt.

„Wieso Frieder?", würde er energisch nachhaken.

„Wir sind eine Doppel", würde Frieder Plöger antworten. „Wir haben uns in Manaus kennengelernt."

„Mit Kran?"

„Mit Kran."

„Bekommt man davon große Hände?"

Urbs stellt das Glas ab und legt einen Arm unter den Kopf. Seine Hand ist gerade groß genug, um dem Hinterkopf angenehmen Halt zu bieten.

Er denkt an Manaus und die Besonderheit von Handwuchs vor, während und nach einem Manaus Aufenthalt, an die Vorteile und Probleme mit eintausend Meter reißfestem Toilettenpapier auf Innovationsrollen.

Es könnte sogar sein, dass die Tageshoroskope von Plö gezeichnet und zu Sammlerstücken aufgewertet werden, um sie später rezitieren oder singen zu lassen, was neuen Lagerraum für die gesammelten Toilettenpapierrollen als Rollen mit verstärkten Pappmittelstücken oder auf Hochregalen als Loseblattsammlung nach sich ziehen würde.

Es müsste ferner bedacht werden, dass Innovationsrollen von eintausend Meter reißfestem Toilettenpapier pro Rolle als Gebinde zu je einhundert zusammengeschweißt werden, um beim Transport die Ladung nicht ins Rutschen zu bringen. Sie müssten versiegelt sein, um notdürftige Entnahme und eigendynamische Entrollung zu verhindern.

Urbs kennt das aus Rom. Es war eines der Hauptprobleme in der gesamten offshore-Verwaltungsstruktur.

Frieder Plöger wäre ihm dankbar für den Hinweis auf seine großen Hände, die ihn sogar in die Lage versetzt haben, nach Manaus zu gehen und Kranführer zu sein, ohne vorher um die Bewandtnis von möglichen Transportschäden bei Ladungen von Innovationsrollen mit eintausend Meter reißfesten Toilettenpapiers im Gebinde zu je einhundert zu wissen.

„Du spinnst!", meldet sich Plö zu Worte.

Urbs findet den Widerstand interessant und mischt sich nicht ein, zumal Plö Frieder Plöger als Spinner ins Visier nimmt:

„Du hattest viel kleinere Hände als ich, weswegen Du weder Moses noch Smutje werden konntest! Du hättest Dich in Topflappen einwickeln können, wenn wir nicht die unisex-Handschuhe in variabler Größe gehabt hätten!"

„Halt Dich aus meinen Händen raus!", motzt Frieder Plöger Plö an. „Das letzte Wort ist noch nicht gesprochen, besonders jetzt nicht."

„Meine Herren", schaltet sich Urbs ein, der einsieht, dass weitere Zurückhaltung dem Fluss des Interviews schaden würde, „ich muss Sie doch sehr bitten! Können Sie nicht etwas mehr fluoreszierendes Antiseptikum beim Thema Handgröße walten lassen?"

„Können wir nicht!", kommt es wie aus einem Mund von Frieder Plöger, dem Kranführer und Plö, dem Moses als Smutje, der auch Frieder heißt.

„Sie waren also zusammen in Manaus?"

„Nicht ganz." Das ist Frieder Plöger.

„Ich war zuerst da." Das ist Plö.

„Du warst da, aber ohne Kran."

„Stimmt, aber nur halb." Plö ist genau, wenn es darauf ankommt.

Eine Pause entsteht, in der alle Beteiligten nach der anderen Hälfte suchen und einer Möglichkeit, sie zu erklären.

„Du hast mich gebraucht", fängt Plö wieder an. „Sogar gebettelt hast Du."

„Halt den Mund!"

„Tu ich nicht! Gebettelt hast Du, dass ich zu Dir in die Kanzel komme. Du wolltest pokern."

Urbs ist fasziniert ob so viel Leidenschaft. Er hätte gar nicht zu hoffen gewagt, einen Vorstoß in die Intimsphäre der beiden unternehmen zu können, wenn sie nicht bereits vor ihm ausgebreitet daliegen würde.

„Wie denn?"

„Na, eben gepokert." Das ist Frieder Plöger.

„Eben!", bestätigt Plö, was auf eine selbstständige Lernfähigkeit schließen lässt, die Urbs verblüfft.

Wenn nicht schon Plö seine exakt platzierte Portion Senf dazu gegeben hätte, wäre Urbs in Versuchung, den Freizeitwert einer Spielergemeinschaft noch genauer zu formulieren, um nicht ausdrücklich verneinen zu wollen, ohne Kran, aber mit dem Gedanken an eine Firmengründung zum Vertrieb von Innovationsrollen mit Toilettenpapier in Manaus gewesen zu sein.

„Sehr lange?"

„Na ja", sagt Plö, wo er schon mal das Wort ergriffen hat, was ihm sofort von Frieder Plöger mit geschickter Einfachheit entwendet wird: „Das kann man wohl sagen."

„Und sonst, Herr Kranführer?"

„Eben!", sagt Plö.

„Die ganze Zeit", sagt Frieder Plöger.

„In Manaus?"

„In Manaus." Frieder Plöger antwortet korrekt. „Es ging ja um viel Papier."

Plö nickt eifrig Beifall. Es sieht ein wenig selbstgefällig, auch ein wenig sehnsüchtig aus, was Urbs nachvollziehen kann.

„Wussten Sie schon, dass Sie pokern würden, bevor Sie nach Manaus gingen?"

„Mann! Sie fragen! Wir waren auf Montage. Jedes Kind weiß, dass es meistens nichts von Belang zu montieren gibt, wenn man nach Manaus geht."

„Um was haben Sie gepokert, wenn ich so frei sein darf..."

„Du darfst." Das ist Frieder Plöger als selbst ernannter Sprecher des Poker-Teams.

„Und?"

„Das kann man so nicht sagen", wendet Plö ein, was von Frieder Plöger nicht eingeplant ist. Seine Mimik spricht dicke Bände. Ganze Schwarten.

„Wie denn?"

„Na, eben!"

„Was eben?"

„Eben eigentlich überhaupt nicht."

„Geht es auch anders?"

Plö, der jetzt richtig aus sich herausgekommen ist, blickt Frieder Plöger in die Kranführer-Augen.

„Später", verspricht er mit dem sonoren Brustton des Überzeugungsarbeiters.

Der einsilbige Bescheid aus Plös berufenem Mund hat für Urbs eine aufschiebende Wirkung von unwiderstehlicher Magie. Er hat etwas Beruhigendes, etwas von der Zuversicht, eine Unwahrscheinlichkeit nicht in den Abgrund der Normalität taumeln zu sehen und übt auf

Urbs den Reiz des beinahe Unerreichbaren aus, etwas doch noch mit Innovationen erhalten zu können, sodass er die erforderlichen Vorkehrungen trifft, um in der KrePo-Verwaltung vorstellig zu werden, indem er aufsteht und sich unter Einhaltung von häuslichen Ritualen auf den Weg macht.

Das KrePo-Haus steht nackt und kahl in der Sonne. Die Bank ist noch immer nicht in den Hag zurückgekehrt und der Farbeimer hat sich geneigt.

Die größte Veränderung interpretiert Urbs zunächst als mögliche Sinnestäuschung: Der Kran ist verschwunden, was der leeren Fläche vor dem KrePo-Haus eine neue Dimension von ungeklärten Zusammenhängen verleiht.

Urbs nähert sich eher unwillig als neugierig dem Schauplatz. Ihn stört es erheblich, dass er durch dieses unerwartete Szenario von seinem ursprünglichen Vorhaben abgehalten wird, Erkundigungen über die Veränderungen im KrePo-Planschema in Erfahrung zu bringen und ungewollt eine Sorge mehr hat: die um Madame KrePossas Wohl.

Wie selbstverständlich geht er davon aus, dass Madame KrePossa keinen Kranführerschein hat und sich entweder alleine auf die Socken ans rettende Ufer - wo auch immer - gemacht hat oder Kranführer Frieder Plöger auf Gedeih und Verderb ausgeliefert ist.

Nicht, dass er Madame KrePossas Fähigkeiten mit allen Konsequenzen in Höhen und Tiefen misstraut. Ganz im Gegenteil!

Unter Umständen und von einer höheren Warte aus betrachtet, traut Urbs Madame KrePossa mehr zu als Frieder Plöger.

Davon abgesehen, würde er es angenehm finden, Madame KrePossa vor seinem KrePo-Fenster als Dauerparkerin begrüßen zu können und ihr von Zeit zu Zeit die Gefälligkeit eines Durchlasses zu gewähren.

Es wäre ein erstklassiger Einstieg für ein Gespräch mit Madame KrePossa auf der

Basis des imaginären Interviews mit Frieder Plöger und Plö.

„Madame KrePossa, gehe ich richtig in der Annahme, dass Sie ohne eigenes Zutun, aber nicht unfreiwillig in bescheidenem Umfang aushäusig waren?"

Madame KrePossa:

„Man tut, was man kann. Von klein auf wollte ich lieber Kranführerin statt Zirkusreiterin werden, wenn es genügend passende Kräne mit einer Schaltung für Damen gegeben hätte."

Sie sind also Zirkusreiterin geworden?

Urbs ist trotz des Einblicks in essentielle Bedürfnisse wie Damenschaltung und Damensattel in Zusammenhang mit möglichen Firmengründungen nicht ganz glücklich über das Konstrukt der Fortführung seines imaginären Interviews.

Madame ist keine Umsteigerin, wenn es darauf ankommt, ihr eigenes kostbares Ego zu schützen. Austausch von fremd erstellten Horoskopen – nein, danke. Innovationsrollen – ja, bitte?

Urbs gerät so lange ins Sinnieren, bis der Entschluss in ihm reift, die Verfolgung vom Kran als Konsortialführer einer Jungschar einzustellen und sich fortan auf weniger undurchsichtigem Untergrund eigenen Interessen zu widmen.

Der erste Schritt dahin ist die Analyse der KrePo-Übersichtstafel, die vorläufig ausfällt, weil deren elektronische Beleuchtung zu wünschen übrig lässt, so dass Hinweise kaum noch zu erkennen sind, was Urbs als Fingerzeig nimmt, sich als wacher KrePosist der Verwaltung vorzustellen.

Er weht behend und unauffällig in die KrePo-Administration hinein, deren Großraumbüro sehr gegenwartsnormal aussieht und in etwa den KrePos aus Journalen entspricht.

Die Mitarbeiter und Mitarbeiterinnen sind KrePo-technisch gut gelaunt und von gesunder Gesichtsfarbe. Zwei von ihnen werden Urbs' ansichtig und dienen sich gleichzeitig als Hörer und Helfer an.

„Gestatten, mein Name ist Urbs", tritt Urbs noch behutsamer als sein Auftreten im Eintreten gewesen ist dem Parallelogramm an Servicebereitschaft entgegen.

„Urbs?", fragt ein junger Mann mit schlaksiger Stimme, die zu seinem Äußeren passt.

Sein Kollege neben ihm trollt sich, als ihm der Schlaks durch Chef Pose signalisiert, dass er keine Chance hat, in der Verhandlung mitzumischen.

„Sie haben eine exzellente Aussprache, wenn ich das anmerken darf. Völlig akzentfrei, obgleich es sich um Hochlatein in der Blütezeit Roms handelt."

„Meine erste Fremdsprache", scherzt der Schlaks überschlakst.

„Deshalb habe ich hier einen KrePo gemietet. Täglich halbtags, auch in nicht zusammen hängenden Zeiten mit Gebrauchsrecht für die andere Hälfte auf der nach oben offenen Arbeitsstunden Skala, was mich zu der Frage veranlasst..." Er kommt gedanklich ein wenig ins Schleudern. „Ist die Tafel draußen defekt?"

„Stört Sie das?"

„Sie verstehen unter Umständen nicht..."

„Doch, doch! Ihr Name ist Urbs. Was stört S i e daran?"

„Ich bitte Sie! Gar nichts! Ganz im Gegenteil! Ich heiße sogar insgesamt zweimal Urbs. Urbs mit Vor- und Nachnamen."

Er überlegt und fährt dann fort: „Ich würde es begrüßen, wenn Sie mich verstehen. Wir kämen dann bedeutend schneller ans Ziel.

Urbs ist eine vererbte Lebenseinstellung, als Gesamtheit eine geschichtliche Verpflichtung, weswegen ich mehr Platz benötige. Können Sie mir folgen?"

„Genau genommen – nein."

„Das macht nichts. Ich komme sowieso später darauf zurück."

„Als Urbs?"

„Genau. Ich muss etwas ausholen, wenn ich das so sagen darf. Es handelt sich um einen Kondensstreifen. Sind Sie auch für extensive Energietechnik mit innovativem Charakter zuständig?"

„Das kommt darauf an."

„Ich beabsichtige nicht, eine Beschwerde einzureichen oder gar zu führen. Ich möchte anlässlich meines Gesprächs mit Ihnen die Gelegenheit nehmen, Ihnen mitzuteilen, dass es mich stört, die wichtigste elektronische Tafel hier im KrePo-Hochhaus im Dunkeln liegen zu sehen."

„Kann ich sonst noch mit etwas dienen?"

„Ich würde gerne wissen, was mit den beiden KrePos rechts und links von meinem ist."

„Zwei zu jeder Seite?"

„Einen zu jeder Seite."

Der junge Mann nimmt Haltung an. „Mir ist die Vereinzelung der KrePos zwar unbekannt, aber ich werde mich darum kümmern, wenn Sie mir noch sagen mögen, wann es Ihnen zum ersten Mal aufgefallen ist, dass sich zu jeder Seite lediglich ein KrePo befindet."

„Zum besseren Verständnis - mein KrePo liegt im letzten Geschoss ..." Urbs nennt die Codierung. „Beide KrePos neben mir sind gestern umgeschaltet worden."

„Also doch zwei zu jeder Seite?"

„So würde ich es nicht sagen, wenn es nicht darauf ankäme, von wo aus Sie zu zählen anfangen, kann aber mit Bestimmtheit sagen, dass ich eventuell meine Bereitschaft bekunden werde, ein bis zwei stundenweise dazu zu mieten. Es kommt auf Ihre Kompetenz in Sachen Kondensstreifen an."

„Von den zweien auf jeder oder einer Seite?"

„Einem."

Der junge Mann steigert seine Haltung in Vorbildstraffe. „Sehr gerne. Ich schaue nach."

„Nein", sagt Urbs. „Sie können sich den Namen schenken. Den anderen, bitte."

„Eben!", sagt der junge Mann.

„Genau!", bestätigt Urbs. „Wir sind uns einig."

„Der andere…warten Sie…links?"

„Links".

„Also links." Die Stimme des Schlaks schlakst gewaltig.

„Die Unterschrift... äh...eine Klaue! Ich kann sie beim besten Willen nicht entziffern...wahrscheinlich ist die Reservierung..."

„Sie müssen!", beschwört ihn Urbs. „Ich kenne das Problem mit Unterschriftenproben. Haben Sie vielleicht stattdessen eine Zeichnung?"

„Weder noch! Wir kennen das Problem."

Der Schlaks arbeitet seinen Zeigefinger durch den Schriftzug, bewegt ihn langsam vor und zurück. Nichts.

„Madame?"

„Seit wann?"

„Seit wann was?"

„Seit wann führt die Dame den Titel ‚Madame'?"

Das Verständnis des Schlakses lässt auf eine gewisse Ermüdung schießen, was Urbs honoriert, indem er anbietet, sich auf Selbstgespräch umzustellen.

„Sie können Ihrer Arbeit wie gewohnt nachgehen. Ich werde mich auf sauber getunte Bürolautstärke programmieren, damit Sie sich jederzeit einklinken können.

Mich interessiert eigentlich nur, ob die Inhaberin des betreffenden KrePos auch unter ‚Madame' den KrePo angemietet hat. Ich habe meine Zweifel.

Und bitte, vergessen Sie nicht den Kondensstreifen des ehemaligen Mieters im KrePo rechts von meinem. "

„Davon ist mir noch nichts bekannt."

„Ich will Ihnen nicht zu nahe treten, aber manches kann nur vor Ort erkannt werden."

„Wir stecken da nicht drin."

„Sie sagen es."

„Ich schicke einen Techniker."

„Ich bin normalerweise in meinem KrePo und kann Auskunft geben."

„Wir können davon vermutlich keinen Gebrauch machen."

Der Schlaks hat seine Vorschriften, an die er sich ohne weitere Beweispflicht gut und gerne erinnert.

Urbs wäre geneigt, ihm zu dem hervorragenden Gedächtnis zu gratulieren, wenn es sich nicht um Informationen zu Madame KrePossa handeln würde, die er bis jetzt schuldig geblieben ist.

„Können wir uns bitte noch mal dem KrePo links widmen?"

„Herr Urbs, Sie hatten mich mit Ihrem Kondensstreifen abgelenkt." Sein Unmut steht ihm in zwei steilen Falten über der Nasenwurzel geschrieben.

„Aktuelle Namen von KrePo-Mietern...das können wir schon mal. Kondensstreifen hingegen..." Der Schlaks räuspert sich deutlich.

„Bitte, nur ‚Urbs'."

„Bitteschön. Ich würde Ihnen sehr gerne helfen. Glauben Sie mir..."

„Ehrlich gestanden, fällt mir das nicht leicht."

Der Schlaks schlakst sich komplett ein und reizt Urbs zu urbs'schem Verhalten in Reinform.

„Ich will Ihnen nicht im Wege stehen! Ihre Karriere! Nein, auf keinen Fall! Ich nehme alles zurück und bestehe geradezu darauf - keine Umstände! Wirklich und wahrhaftig: auf gar keinen Fall! Ich finde es so heraus."

Der Schlaks entschlakst umgehend, verschwindet fingerfertig in einem Karteikasten und kehrt nach intensiver Suche mit einem Karteikärtchen zurück.

„Sehen Sie selbst - kein Vorname!"

„Ich suche nicht den Vornamen! Eine derart unglaubliche Indiskretion würde ich mir nie zu Schulden kommen lassen wollen. Ich suche den Familiennamen der Dame. Ersatzweise ihr Sternzeichen. Wie heißt sie noch?"

„Einen Moment, das habe ich gleich."

Er bemüht das Register mit den Reservierungen.

„KrePossa."

„Und wie hieß die Dame KrePossa mit Mädchennamen?"

„Wie kann ich das wissen? Sie ist nicht mein Jahrgang."

Urbs sieht ein, dass er derart geballtem guten Willen machtlos gegenüber steht. Er sinnt auf einen Wechsel der Thematik, ohne den Grund für den Wechsel aus dem Auge zu verlieren.

„Der KrePo, für den ich mich interessiere, ist also jetzt im Ganzen reserviert und nicht mehr fest vermietet?"

„Das kann man so sagen."

„Dann sind wir uns einig. Ich miete ihn. So komplett wie möglich."

„Das ist nicht so einfach. Die bisherige KrePo-Mieterin..."

„KrePossa", ergänzt Urbs schnell, „es sei denn, ihr Personenstand hat sich geändert."

„Wahrscheinlich", sagt der junge Mann. „Sie muss ihre Option auf den KrePo aufgeben und zwar auf sämtliche Teilsegmentierungen."

„Alle unter einem Namen?"

„Das kann ich so nicht sagen, Sie verstehen. Es ist nicht üblich, über offene Daten zu sprechen."

„Das sehe ich anders. Eine Reservierung ist ein in sich geschlossener Vorgang", insistiert Urbs.

„So könnte man es sehen, wenn Sie in Betracht ziehen, dass man eine gebuchte Reservierung als Vorfeste eines festen Mietverhältnisses annimmt. Dafür ist eine Frist von drei Tagen vorgesehen."

„Wegen der Grundreinigung?"

Der Schlaks hebt indigniert eine Braue:

„Wegen der Restzahlungen. Mehr möchte ich nun wirklich nicht sagen."

„Eben!", sagt Urbs. „ Das brauchen Sie nicht. Ich komme in drei Tagen wieder. Können Sie den Inhalt unseres Gespräches bitte stichwortweise in Schriftform bestätigen?"

„Das ist zu früh."

Der Schlaks drückt eine unübersehbare Verweigerungshaltung aus.

„Gestern, am ersten Tag, waren Sie nicht zu sprechen, somit ist heute bereits der zweite Tag. Da es nach Mittag ist, kann man ihn nur noch halb rechnen.

Ich komme Ihnen aber entgegen und betrachte ihn als zweiten Volltag, wenn Sie den KrePo meiner Nachbarin zur Linken trotz oder wegen des Kondensstreifens im KrePo zur Rechten - ich frage mich allen Ernstes, was einem schriftlichen Vermerk im Wege steht."

Sie sind der Sache nach im Bilde…"

„Das will ich meinen!"

„Dennoch ist der dritte Tag zu früh!"

„Haben Sie keine Formulare? Sie könnten einfach die Daten einsetzen, sie mit einem Stempel bestätigen und nach Ablauf der Option Ihre verifizierte Unterschrift hinzufügen. Ich wäre bereit, das ohne Abstriche als offiziellen KrePo-Nachweis zu akzeptieren."

„Leider, leider..."

Der Schlaks hebt ein paar Papiere hoch, die auf dem Schreibtisch liegen.

„Unter den Tagesumsätzen?"

„Ich sehe keine Tagesumsätze in Druckform. Wir sind dafür bekannt, überparteilich und unabhängig zu sein."

„Deswegen habe ich Ihre Institution vertrauensvoll gewählt. Dennoch muss ich Sie darauf hinweisen, dass es nach meiner vorsichtigen Kalkulation eigentlich der vierte Tag ist, wenn ich nach Ihrer Rechnung am dritten Tag vorbeikomme."

„Wir rechnen anders", teilt der Schlaks kühl mit, ohne seine Formel für die Berechnung von Tagen vor und nach Fälligkeit eines Termins zu begründen. Er dreht und wendet den Kugelschreiber zwischen drei Fingern:

„Leider, leider – ich kann nicht mehr für Sie tun."

Urbs fühlt sich im Innersten angegriffen, was sich durch allergrößte Umsicht im Umgangston manifestiert.

„Sie machen offenbar gerade einen gedanklichen Prozess durch, den ich unter keinen Umständen beeinflussen möchte. Was würden Sie vorschlagen, wann es Sinn macht, der Frage einer Zumietung links und/oder rechts näher zu treten?"

„Am Tag nach der Änderung."

„Dann sind wir uns einig. Bis dann brauchen Sie die Tafel nicht neu zu illuminieren. Ich schreibe Ihnen."

Er verabschiedet sich förmlich und geht zurück in die Halle, um die Logik aus der Begegnung mit dem Schlaks in einen Plan umzusetzen.

Ohne den phantomalen Kondensstreifen in unmittelbaren Zusammenhang mit Madame KrePossa bringen zu wollen, ist es Urbs doch darum zu tun, ähnliche Spuren auch von ihr zu finden, die einen Hinweis auf ihre Vor- oder Nachlieben geben, so dass er sich in etwa darauf einrichten kann, was ihn erwartet, wenn sie übermorgen aufkreuzt, vorausgesetzt, sie kreuzt überhaupt auf.

Bis übermorgen studiert Urbs täglich die dunkle Anzeigentafel, schaut aus dem Fenster auf den gelben Flecken, wo der Kran gestanden hat und spult im Geiste wieder und wieder den gesamten Vorgang mit allen Beteiligten der kürzlich aufgeführten KrePo-Scharade ab.

„Jetzt!", sagt sich Urbs am Morgen des Tages, an dem „Jetzt" beginnt und wählt seine Kleidung mit großer Sorgfalt aus.

Er besinnt sich in adäquater Konzentration auf das Kartenversteck und verlässt die Wohnung. Seine mentale Belastungsfähigkeit droht erst zu kippen, als er meint, Plö zu entdecken, erfährt jedoch eine gewisse Erleichterung, als er sieht, dass es eine trompe d'oeil- Werbung ist, die ihn erheitert und den Blick auf die

Silhouette des nahen gelegenen KrePo-Hochhauses zu einem gut erkennbaren Bild verdichtet:

Madame KrePossa sitzt im Gras vor dem Gestrüpp, die Beine lang gestreckt, den Oberkörper aufrecht wie an ein Luftpolster gelehnt, die Hände in den Schoß gelegt.

Der Blick auf sie ist ungestört, wie man es von einem Blick erwartet, vorausgesetzt, man will blicken, wovon Madame KrePossa selber ausgiebig Gebrauch macht und sich ihr Blick mit dem von Urbs nicht folgenlos kreuzt.

„Madame KrePossa, was sehe ich? Sie hier alleine?"

„Man tut, was man kann."

„Mussten Sie sehr viel dafür tun?"

Madame KrePossa spielt mit ihren spitzen Fingerchen und lässt sie wieder in den Schoß fallen. „Das kann man so sagen."

„Kann ich Ihnen helfen?"

„Bitte, setzen Sie sich doch. Wenn Sie mögen, neben mich. Falls Sie es nicht merken - Sie werfen Ihren Schatten auf mich und mir wird kalt. Nach mehr als achtundvierzig Stunden habe ich endgültig genug davon."

Madame KrePossa macht ein bedeutungsschweres Gesicht und eine ebensolche Geste, indem sie etwas zur Seite rückt, um anzuzeigen, wo und in welchem Abstand sich Urbs zu setzen hat.

„Madame KrePossa! Das ist ja schrecklich! Wer hat Ihnen das angetan?"

Urbs lässt sich etwas ungelenk neben ihr nieder, so dass der Ausdruck aufgebrachten Bedauerns leidet.

„Ich mir selber. Ich mag Vagabunden."

„Mehr als einen?"

Madame KrePossa lacht. Sie lacht so sehr, dass sie ihre Hände vor das Gesicht schlägt, so dass nicht zu erkennen ist, welcher Art das Lachen ist. „Der Eimer ist voll, wie man so schön sagt, nicht wahr?"

„Das kommt darauf an", weicht Urbs aus, dem die Ausdrucksweise nicht ganz geheuer ist.

„Wir waren in der ‚Zisterne'."

„Ich hätte drauf kommen müssen! Frieder Plögers Vorliebe für Kräne!"

„Sie liegen falsch! Plös Liebe für Karten!"

„Sie haben doch nicht etwa?"

„Ich habe!"

„Madame, Sie haben mit Plö gespielt?"

„Mit Plö und Frieder Plöger, um genau zu sein. Was sollte ich sonst machen?"

„Sie meinen, Sie waren in Begleitung von zwei Herren, die sich Plö und Plöger nennen?"

„Woher wissen Sie das?"

„Sie sagten es soeben."

„Woher wissen Sie, dass sie sich Plö und Plöger n e n n e n?"

„Weil er sich Plö nennt, seit i c h ihn Plö genannt habe."

„Wen?"

„Eben Plö. Frieder Plöger. Wir haben uns vor kurzem kennengelernt. Genau genommen war ich auf der Suche nach..."

Madame KrePossa holt tief Luft, woraus Urbs schließt, dass die Rekonstruktion des Vorgangs sie zu sehr aufregt. Er verkürzt sie deshalb drastisch und vermeidet den harten Kern. „Wenn mich nicht alles täuscht, handelt es sich um Frieder Plöger von der Bank."

„So hat es angefangen! Er wollte die Bank nicht hergeben und bestand auf ‚Plö', während Frieder Plöger ebenfalls ‚Plö' genannt werden wollte und darüber hinaus forderte, die Bank auf seinen Namen übertragen zu bekommen.

Ein Ausweg wäre gewesen, dass Plö sich sofort wieder Frieder Plöger nennen lässt und die Bank nicht den Besitzer wechselt."

„Madame, Sie werden sich doch nicht mit solchen Albernheiten die Zeit…"

„Das war alles andere als albern. Das war handfest, wenn man so sagen will. Ich konnte Schlimmeres abwenden, indem ich vorschlug, um den Namen zu pokern."

„Auf der Bank?"

„Auf der Bank."

„Sie haben hier beim Kran gepokert?"

„Sie haben sich hier beim Kran geprügelt."

„Und dann sind sie in die ‚Zisterne'?"

„Dann sind wir ab in die ‚Zisterne', nachdem die Männer gemeinsam die Bank demontiert haben."

„Hätte das nicht weniger aufwendig geregelt werden können? Ich meine, das sind doch vermeidbare Spesen..."

„Auf Spesen wäre ich nicht gekommen!" Madame KrePossa lacht.

„Sie meinen?"

„Ich meine die Brüder mit denselben Namen."

„Denselben?"

„Genau den", trumpft Madame KrePossa auf.

„Eben das ist vermutlich falsch.

„Eben das ist vermutlich richtig."

„Sie haben sich soeben widersprochen, Madame."

„Nicht, dass ich wüsste."

„Eben!"

„Wer sich widerspricht, sind Sie! Ich weiß mehr, als Sie selbst dann denken könnten, wenn Sie wollten. Immerhin kenne ich den Clou."

„Na und?"

„Na und was?"

„Der Clou...ich warte..."

„Sie wollen ihn also hören?"

„Ich bitte darum..."

Madame KrePossa lässt sich nicht länger als nötig bitten, wofür sie ein Gespür hat, was Urbs lieb ist. Er hätte sich schwer getan, aus der jetzigen, beschwerlichen Haltung heraus einen Kniefall zu tun.

„Der Clou ist, dass beide noch einen zweiten Vornamen haben, den sie in Manaus haben löschen lassen, damit sie besser ins Geschäft kommen."

„Typisch!" Urbs empört sich, so gut er es als Römer mit bekannten Vorfahren kann, denen Manaus so bekannt war wie das Forum Romanum.

„Und nun wollen sie allen Ernstes an meine Erfindung ran, mein ‚Plö', und haben sogar die Unverfrorenheit, sich von mir vorher mit Blaubeermuffins beköstigen zu lassen."

„Das ist wirklich das Hinterletzte", pflichtet Madame KrePossa bei. „Sie müssen mir das alles genauer erzählen."

„Später, Madame. Lassen Sie uns unter den gegebenen Umständen der Reihe nach die Fakten abarbeiten, indem wir Akzente setzen. Wo ist Plö zur Zeit?"

„Zuletzt haben sie gepokert, bis Ihnen nichts mehr übrig blieb, als den Kran zu versetzen."

„Ich verstehe."

„Ich fürchte, Sie verstehen nicht ganz. Genau wie die Namen ‚Frieder' und ‚Plöger' gehört ihnen ebenfalls der Kran zusammen, weswegen sie die Bank in seiner Nähe aufgestellt haben, um ihn im Auge zu behalten."

„Sie wollten schlichten?"

„Sie haben um mich gepokert. Da bin ich abgehaun."

Wie zuvor passt Madame KrePossa ihr Vokabular den Gegebenheiten an, was Urbs nunmehr als interessante Bereicherung seines eigenen Wortschatzes zur Kenntnis nimmt.

„Und dann?"

„Sie sind auf dem Weg nach Manaus."

„So schnell?"

„Je nachdem."

„Je nachdem was?"

„Was mit dem Kran wird. So geht es nicht."

„Haben die beiden Schulden bei Ihnen?"

„Man tut, was man kann."

„Ich verstehe nicht ganz, Madame. Soll ich Sie im Glück wähnen?"

„Halbwegs."

„Das ist unbefriedigend. Wie kann ich Ihnen zu mehr verhelfen?"

Madame KrePossa schweigt. Es wirkt unbeholfen trotzig, was Urbs anrührt. „Sie haben ein Problem? Darf ich raten?"

„Sie dürfen."

„Mit dem KrePo?"

„Mit dem KrePo."

„Sie müssen heute über die Option entscheiden?"

Madame KrePossa nickt.

„Welcher Vertrag wird dafür herangezogen?"

„Wenn ich das wüsste!"

„Ist das Teil Ihres Problems?"

„So ist es. Fast. Ich habe in der Verwaltung schnell noch einen falschen Namen angegeben, als es bei mir wetterleuchtete, dass gepokert werden sollte."

„Madame KrePossa, ich könnte Sie für Ihre Umsicht gar nicht genug loben, wenn es nicht ein wenig schwierig wäre, nachzuvollziehen, wie Ihr KrePo hat zum Pokereinsatz werden können."

„Wie Sie meinen." Madame KrePossa mauert.

„Hat es etwas mit dem Namen zu tun?"

Madame KrePossa mauert höher, verdächtig hoch.

„Sie haben im Original also einen Namen, der Ihnen und dem KrePo hätte gefährlich werden können?"

Madame KrePossas Mauerwerk wirkt unfachmännisch und fängt an zu bröckeln:

„Sie sagen es."

„Ist es Ihnen unangenehm, wenn ich Ihren Originalnamen erfahre?"

„Sehr!"

„Ich fürchte, ich kann Ihnen nicht mehr folgen."

„Sie folgen mir erst recht nicht mehr, wenn Sie ihn kennen."

„Madame KrePossa, wenn ich Sie nun inständig ersuche..."

„Anständig wäre mir lieber."

„Das setze ich voraus."

Madame guckt in die Luft und, ohne mit einer einzigen Wimper zu zucken, gibt sie ihr Geheimnis preis:

„Mein Name ist Plöger. Portia Plöger. Weder verwandt noch verschwägert mit den beiden Plögers, Plö und Frieder Plöger. Alles klar?"

„Alles klar", sagt Urbs entgegen der neu gewonnenen Einsicht. „Und nun sitzen Sie einigermaßen dick in der Patsche?"

Madame KrePossa blickt auf ihre ausgestreckten Beine und stützt sich mit beiden Händen ab, wobei sie krampfhaft geradeaus guckt, als würde sie irgendwo das Rettungsboot aus der von Urbs angesprochenen Patsche entdecken.

„Das ist starker Tobak", sagt Urbs, der früher leidenschaftlicher Raucher war. „Ich denke nach, wie ich Ihnen trotz allem beistehen kann."

„Warum wollen Sie?"

„Es reizt mich, Schwierigkeiten zu meistern."

„Ist das ein Kompliment?"

„Das ist wahrscheinlich ein Kompliment."

„Haben Sie mehr davon?"

„Ich komme später darauf zurück. Warten Sie! Ich habe es! Sie lassen die Option einfach verstreichen. Ich miete morgen Ihren KrePo selber. Wenn Sie wieder so gut gestellt sind, ihn unter Ihrem richtigen Namen zurück mieten zu können, nehmen Sie einfach den kurzen Weg über die KrePo-Verwaltung zu mir."

„Genial!", ruft Madame Krepossa. „Ich müsste Ihnen nur vertrauen. Ich habe ein paar Mietrückstände..."

„Eben!", sagt Urbs.

„So ist es", sagt Madame KrePossa und lächelt Urbs an. „Haben Sie nicht etwas für mich geschrieben?"

„Madame, vergessen Sie diese Kleinigkeit! Größeres wird folgen. Ich denke an eine Sammlung von gutachterlichen Texten zu Ihrem Sternbild."

„Sie sind nicht wirklich romantisch, nicht wahr?"

„Sie täuschen sich, Madame! Aber davon später."

„Romantik hat keinen Grundstein."

Urbs sieht das anders. In Rom hatte Romantik immer mit einem Grundstein begonnen. „Was halten Sie von einer Namensänderung? Ich denke an ‚KrePortia'. Der Familienname tut erst mal nichts zur Sache."

Madame lächelt tiefgründig, ohne den Sinn davon preiszugeben. „Mein Sternbild? - Sie sind ein Ungeheuer an Romantik! ‚KrePortia' ist wundervoll. Und nun?"

Urbs sieht geflissentlich über die Abgründe von Madames tiefgründigem Lächeln hinweg. „Ich denke, wir sollten jetzt eine Nacht darüber schlafen. Ich muss mich innerlich auf den weiteren Verlauf vorbereiten."

Die Einsicht, dass ein Tag nicht kontinuierlich über einen längeren Zeitraum als über den bereits absolvierten Teil planbar ist, wird bei Urbs von dem Verlangen nach Übersichtlichkeit verstärkt. Er strebt kontrollierbare Romantik an und macht sich auf den Weg zur KrePo-Hochhausverwaltung, um sich vorsorglich für den Fall auf die Warteliste setzen zu lassen, dass Madame KrePortia ihr Wort hält und die Option aussitzt.

Er kommt zu spät. Die Verwaltung hat bereits geschlossen, was nicht in Übereinstimmung mit dem letzten, turnusmäßig bekannt gegebenen Stand der Öffnungszeiten ist, aber von Urbs nicht als anstößig empfunden wird.

Er ist vorromantisch. Durch und durch. Er ist nachsichtig. Er ist milde. Er ist der urbs'sche Vorromantiker mit Vorbildcharakter.

Lediglich der Zwang, nach Willen des planungsbezogenen Freisinns der Verwaltung am nächsten Vormittag zeitig vorstellig werden zu müssen, mindert seine stimmige Verfassung, so dass er sich gezwungen sieht, gegenzusteuern.

Er begibt sich auf Suche nach vorromantischer Kleidung und wählt unter den in Frage kommenden Geschäften dasjenige, von dem er meint, das größte Entgegenkommen in seinem Sinne erwarten zu dürfen und wird nicht enttäuscht. Man lässt ihn gewähren.

Die Wahl fällt dadurch unerwartet schwer. Sämtliche Griffe und Fehlgriffe werden ihm nachsichtig aus der Hand genommen.

Dann kommt es zu Turbulenzen. Sämtliche Griffe und Fehlgriffe werden auf einen Schlag ignoriert, als Urbs sich für eine legere Jacke erwärmt, von der er meint, dass sie ihm ein ungemein vorromantisches Aussehen verleiht, was von der Verkaufsassistentin glaubwürdig wortkarg bestätigt wird und von Urbs mit einem Kauf belohnt wird, der nach Zukunft aussieht: zwei Jacken, drei Pullover und zwei patente Hosen. Hemden hat er ausgespart. Er fühlt sich noch nicht reif genug dafür.

Obwohl die Tragetasche mit der neu erworbenen Garderobe überaus generös dimensioniert ist, trägt sie sich so leicht, dass Urbs versucht ist, zu meinen, sie trüge ihn.

Er folgert gar, das Tragen überaus generös dimensionierter Taschen mit einem vorromantisch inspirierten Inhalt müsste Teil eines neuen Lebensinhalts werden, was unmittelbare Auswirkungen auf seinen Lebensstil hätte, soweit der Lebensunterhalt gesichert ist.

In voller Absicht, einen weiteren Exzess neuer Lebensfreude zu wagen, strebt er die Cafeteria an, um sich umständehalber mit Zuckerwürfeln und neuen Horoskopen zu versorgen.

Dabei passiert er ein Blumengeschäft, das sich bis auf den Bürgersteig erstreckt, weswegen es seine Aufmerksamkeit auf sich lenkt.

Er wählt aus dem Angebot sorgfältig nach unterschiedlichen Längen aus und trägt jeweils eine der Blumen in das dunkle Geschäftsinnere, wo er die Einzelexemplare zum Nachmessen gibt, was den unwirschen Hinweis zeitigt, dass die Blumen für den Verkauf und nicht als Maßband gedacht sind. „Blumen sind schnelllebige Produkte."

„Danke für den Hinweis. Ich beabsichtige einige Vasen zu kaufen, wofür ich bestimmte Details brauche, um dem einzelnen Blumentypus gerecht zu werden."

„Warum sagen Sie das nicht gleich!" Die Floristin wird tüchtig hilfsbereit. Urbs kommt kaum nach mit seinen Notizen, so schnell, wie ihm die Idealmaße der Floristikmodels angesagt werden: Längen und Dicke der Stängel, Rufnamen wie wissenschaftliche Bezeichnung, Pflegeanleitung.

Er bedankt sich mit ausgesuchter Höflichkeit für das Entgegenkommen und folgt der Empfehlung, den Erwerb der Vasen ein paar Häuser weiter zu versuchen, wo er aus einer bemerkenswerten Vasenauswahl sechs gläserne Exemplare mit unterschiedlich gestalteten Füßen und Rändern wählt.

Das Paket mit den Vasen ist kompakt gestaucht und wiegt einige Kilo mehr als die überaus generös dimensionierte Tragetasche mit dem vorromantischen Kleidungskauf, so dass es Urbs reut, um ein Kompaktpaket gebeten zu haben und sich nunmehr bis zur angestrebten Cafeteria im Ungleichgewicht der Vorromantik herumquälen muss, wo das

Landei gerade einer Kundin ihre Getränkbestellung in hohem Trinkbecher mit tief angesetztem Seitengriff reicht.

„Was darf es sein?", wendet sich das Landei danach an Urbs, der trotz aller Plackerei mit dem Gepäck von seinem vorromantischen Empfinden nichts eingebüßt hat und sich einen Hauch von Vorwitz traut.

„H e u t e."

Er betont das Wort, zieht es genüsslich in die Länge und lächelt das Landei dabei an.

„Was darf es h e u t e sein?", fragt er teils halblaut das Landei, teils laut genug, um die unfertige Überlegung für alle in den Raum zu stellen, die daran teilhaben wollen.

„Danke, ich habe schon", meldet sich die Dame mit dem hohen Trinkbecher zu Worte.

Urbs vermeint, angenehme Neugierde heraus hören zu können, sodass er sich ermutigt fühlt, die überaus generös dimensionierte, luftig leichte Tragetasche und das gestauchte Kompaktpaket mit elegantem Schwung auf einen Stuhl am Nachbartisch der Dame mit dem hohen Trinkbecher zu stellen, dass es dem Landei überraschend die Zunge löst.

„Sie haben wohl groß eingekauft?!"

„Das kann man ohne Übertreibung sagen! Das da…" Urbs zeigte auf das gestauchte Kompaktpaket, „das da sind Vasen. Glasvasen. Sechs verschiedene."

„Wie romantisch", sagte das Landei. „Heute keine Zwiebäcke?"

„Zwiebäcke und Cantuccini erst später, wenn ich meine Memos auspacke."

„Wenn Glasvasen nicht romantisch sind, weiß ich nicht, was!", beharrt das Landei.

„Glasvasen sind schwer", sagt Urbs.

„Obwohl sie nach meiner Einschätzung durchsichtig sind", mischt sich die Dame ein.

„Ich dachte eher an Vorromantik", sagt Urbs. „Sie haben mir aber eine wertvolle Anregung gegeben. Ich hätte gerne einen Milchkaffee, zwei doppelte Espressi und vier Zuckerwürfel."

„Aha", sagte das Landei.

„Eben!", sagt Urbs.

„Sie sind doch romantisch", wirft die Dame mit dem hohen Trinkbecher ein und versucht angestrengt, ihn am Griff anzuheben.

„Ich bin vorromantisch", sagt Urbs. „Wenn überhaupt. Ich übe noch."

„Ich verstehe - mit Glasvasen", sagt das Landei über die Schulter und gießt den kochend heißen Milchkaffee in eine Schale. „Vier Würfel mit was Neuem?"

„Wenn ich darum bitten darf. Sicher ist sicher. Es könnte unter Umständen sein, dass der eine oder andere nicht passt."

Das Landei nickt. Die Dame mit der eigenen Meinung enthält sich eines weiteren Kommentars.

Sie steht abrupt auf, nimmt ihre Clutch vom Tisch und geht auf eleganten Trotteurs festen Schrittes zum Ausgang. „Viel Glück!", ruft sie aus der Drehtür in den Gastraum.

Danach tritt eine bedeutungsvolle Stille ein. Urbs fühlt sich gegenüber dem Landei in seiner erklärten Vorromantik befangen. Ihm fehlt die Praxis, sich daraus zu befreien.

„Darf ich Sie zu einem Milchkaffee einladen?", versucht er seinem lediglich schwach ausgebildeten Flirt Talent unentdeckte Subtalente zu entlocken.

„Das geht nicht. Ich bin im Dienst."

Urbs meint, eine Nuance Bedauern heraushören zu können.

„Kann man das ändern?"

„Ich wüsste nicht, wie."

„Und wenn ich es weiß?"

„Glaube ich nicht."

„Warum?"

„Weil Sie nicht der Typ sind. Ich kenne mich aus, wie Sie wissen."

Urbs ist bestürzt über die unwiderlegbare Logik und versucht gegenzusteuern. „Wenn ich mich nicht täusche, sind Sie Sammlerin wie ich. Es könnte sein, dass ich ein paar echte Raritäten für Sie habe."

Größere Stille als zuvor macht sich Platz. Urbs weiß nicht, wie und warum sie zustande kommt und erst recht nicht, wohin sie führt. Sie erobert die gesamte Milchbar und drängt sich zerstörerisch zwischen seine hartnäckig verteidigte

Vorromantik mit Aussicht auf eine stagnierende Romantik.

„Was haben Sie denn da sonst noch Schönes eingekauft?"

„Pullover", sagt Urbs leise. „Nichts als Pullover. Sie bedeuten mir sehr viel."

„Ach", sagt das Landei seufzend. „Keine Hemden?"

Urbs zieht die Bügelfalten seiner Hose noch um wenig mehr als einen halben Zentimeter höher als zuvor, er nippt an seinem Milchkaffee mit zwei doppelten Espressi und kaut auf der Frage nach den Hemden herum.

„Ich überlege", sagt er schließlich. Dazu knabbert er an einem Stückchen Cantuccino, das er voll aufrichtigen Bedauerns einem ungenutzten Memoblatt vorenthält und versichert sich glaubhaft, dass er für die Entnahme später doppelte Entschädigung leisten wird.

„Das sagten Sie bereits."

„Was?"

„Das mit dem Nachdenken."

„Eben nicht!"

„Das letzte Mal, als Sie mit den Memos hier waren und Cantuccini ausgepackt haben, aber es dann vorzogen, Zwiebäcke zu essen, obwohl Sie davon weniger hatten als von den Cantuccini."

„Eben!"

Die Stille kommt wieder.

„Haben Sie morgen früh Dienst?"

„So wie jetzt."

„Ab wieviel Uhr?"

„Ich fange um sieben an."

„Pünktlich?"

„Kann ich morgen früh um sieben Uhr einen Milchkaffee und einen doppelten Espresso haben?"

„Ja, Sie können!"

Urbs bündelt sein Gepäck und will mit einem niveauvoll freundlichen Gruß die Cafeteria verlassen, als er an die Begleichung der Rechnung erinnert wird. „Wir lassen nicht anschreiben."

„Daran hätte ich denken sollen. Entschuldigen Sie vielmals."

Er zieht dem Gruß das Niveau von der Freundlichkeit ab und setzt es für die Entschuldigung ein, als es ihm intuitiv so vorkommt, als wenn die Dame mit der Clutch gegangen wäre, ohne bezahlt zu haben.

„Sie sollen ja nicht zu kurz kommen", sagt Urbs und hält sein Tablet wie eine Clutch, um dem Landei auf die Sprünge zu helfen, damit die Kassenabrechnung nicht defizitär ausfällt.

„Zu Ausnahmen kommen wir später", sagt das Landei und reicht Urbs den Kassenzettel. Er überschlägt alle Möglichkeiten der Begleichung und entschließt sich daraufhin zur korrekten

Lösung, die sich aus dem Kassenbetrag ohne Aufrundung ergibt.

Das Landei nimmt keinen Anstoß daran. Sie rückt das Geschirr zurecht und legt Urbs ein paar extra Zuckerwürfel hin. Wie sie dann so neben ihm am Tisch stehlehnt…

Urbs wartet einen Augenblick, studiert die Karte und fragt ganz nebenbei, ob die energische Dame mit der Clutch Stammgast mit Hausrecht ist, was vom Landei bejaht wird.

Daraufhin erwägt Urbs, die angekündigte Morgenvisite in der Milchbar ausfallen zu lassen, obwohl es ihm ganz und gar nicht behagt, mir nichts dir nichts umzudisponieren, weswegen er am nächsten Morgen ausgeglichen und heiter die Milchbar betritt.

„Sie sind spät dran!", wird er umgehend vom Landei ermahnt.

„Hatte ich gesagt, ich käme früh?"

„Ich habe für Sie eine Zeitung gekauft. Ich dachte, Sie sind so einer, der beim Frühstück liest."

Urbs bedankt sich für die Umsicht und setzt sich mit der Zeitung außer Reichweite der Geschäftigkeit des Landeis, nachdem er sichergestellt hat, dass außer ihr und ihm keine weitere Menschenseele im Raum ist, um in den Genuss der Lektüre zu kommen.

„Sie sind nicht der erste."

„Ist die Zeitung gebraucht?"

„Ich rechne sie später getrennt ab."

„Gut. Alles andere, wie gestern bestellt."

„Die Dame von gestern war da. Sie fragte nach Ihnen."

„Ich kenne sie nicht."

„Sie wollte ein Wörtchen mit Ihnen reden."

„Eben!", sagt Urbs. „Mehr kann es auch nicht sein."

„Sie sollten sich nicht täuschen!", mahnt das Landei und bringt Urbs eine Schale mit Milchkaffee und einen Espresso. „Sie sagt, Sie sind hinter ihrer Tochter her."

„Eben nicht! Ich habe die Dame hier in Ihrer Cafeteria zum ersten Mal gesehen. Ich weiß nicht, wer ihre Tochter ist. Ich bin überhaupt hinter keinem her. Ich schreibe über Sternzeichen und zu Sternbildern, mal zu Hause, mal in meinem KrePo."

„Eben!", sagt das Landei und wird rot bis unter die Haarwurzeln, was sich auf Urbs wie ein hoch ansteckender Infekt auswirkt. Ihm ist gut im Gedächtnis, dass mehr als einmal der Erfolg auf Erfolgen mit Landeiern beruhte.

Gelegentlich ging man dafür selber aufs Land, ohne seinen Urbs-Status aufzugeben. Dazu musste man im Vollbesitz seiner sieben Sinne sein.

„Schreiben Sie nachher etwas über mein Sternzeichen?"

„Unter Umständen!", sagt Urbs.

Das Landei fixiert ihn. „Ich werde übrigens Motte genannt."

„Gestatten, mein Name ist Urbs", sagt Urbs und steht auf. Es wäre hilfreich, wenn ich wüsste, ob ich Sie öffentlich ‚Motte' nennen darf. Frau Motte?"

„Nicht wirklich. Später."

„Ich muss jetzt noch einen Termin wahrnehmen", flunkert sich Urbs einen Aufschub herbei. „Gegen 14.00 Uhr bin ich wahrscheinlich zurück."

„Lassen Sie sich nicht über den Tisch ziehen!"

„Hat das etwas mit der Dame zu tun?"

„Sie sind hinter der Tochter her. Mindestens."

Motte sieht nach Landei aus, ist aber in erheblichem Maße mehr Motte. Nicht umsonst fliegt sie auf Bedeutungsvolles.

Der Wortwechsel mit dem Landei stellt sich für Urbs als Schlüsselerlebnis dar. Er lässt ihn wieder und wieder in allen pikanten Einzelheiten auf sich wirken, bis sich ihm Interessanteres am Ende der Straße, kurz vor der Querung zum KrePo-Hochhaus, eröffnet.

Auf dem gelben Grasfleck, wo der Kran stand, flegelt sich Frieder Plöger höchstpersönlich, der mit dem langen Atem, wenn es darum geht, Urbs' KrePo durchqueren zu können, um sich auf „Damen" zu erleichtern, Frieder Plöger mit dem Schlag bei Frauen.

Urbs könnte kneifen und eine Gegenüberstellung mit Kranführer Frieder Plöger vorläufig umgehen, was nicht seiner Wesensart entspricht.

Stattdessen stellt er sich ohne Umschweife, geht mit versammelter Energie auf das KrePo-Hochhaus zu und wartet ab.

„Noch mal Glück gehabt, was?", gröhlt ihn Frieder Plöger an.

„Eben!", sagt Urbs ortsüblich reserviert und gibt sich einen Ruck. „Ich weiß nicht, was Sie meinen."

„Die Kleine von der Cafeteria – komm bloß nicht Plö ins Gehege."

Urbs betrachtet seinen eisblauen Pullover, zupft ein Fädchen ab und ist ganz er selbst. „Wo ist er denn, der Herr Kavalier?"

„Spielt Poker."

„In Manaus?"

„Wenn Du so willst, auch das."

„Und - wo liegt Ihr Manaus?"

„Mein Manaus?", gibt Frieder Plöger frech zurück. „Mein Manaus liegt auf der Festwiese."

„Mit Kran?"

„Mit Kran."

„Versetzt?"

„Dahin versetzt. Mit Bank."

„Und Madame Kre..."

„Portia", hilft Frieder Plöger. Jetzt sind sie hinter ihr her."

„Deswegen warten Sie hier?"

„Deswegen warte ich hier. Nur Du kannst helfen. Ich muss mal eben..."

„Sie können zu den bekannten Bedingungen unten."

„Ich muss mal über Deinen KrePo..."

„Ich untersage ausdrücklich, meinen KrePo anzusteuern."

Urbs denkt, dass Motte nicht durchweg selbstlos sein dürfte, aber sie hat ihn gewarnt.

„Ich warte", sagt Frieder Plöger.

„Ich gehe."

„Du wirst sehen, was ich meine."

Urbs durchschreitet die Halle bis zur Übersichtstafel, die wieder illuminiert ist und findet Madame KrePossas KrePo mit roter Inschrift im Schwarzen liegen. „Verwaltet" heißt es und öffnet jeglicher Spekulation Tor und Tür.

Urbs setzt seinen Weg fort. Sein Herz schlägt ruhig, nur ein wenig lauter.

Er strebt seinem KrePo zu, geht an „Damen" vorbei und dann...

Er sieht ein paar Klebestreifen, mit denen die Glas Einhausung von Madame KrePossas KrePo versiegelt ist: „Von Amts wegen geschlossen".

„Frieder Plöger! Über meinen KrePo wollte er..."

Urbs sagt sich, dass man ihm nicht glauben wird, wenn man ihn zu der Konstellation der Sterne zum Zeitpunkt der Versiegelung befragt und legt sich den Wortlaut eines Frage-und-Antwort-Spiels zurecht:

„Ich befinde mich in der Verwaltung des KrePo-Hochhauses, das soeben für Schlagzeilen gesorgt hat. Der zuständige Mitarbeiter steht gerade vor mir."

Als Ansprechpartner kommt für Urbs nur der Schlaks in Frage.

Keiner hat ihm mit meisterhaften Verschleierungen mehr auf die Sprünge geholfen.

Keiner ist sowohl in die eine als auch in die andere ungewisse Richtung schwerer zu überzeugen gewesen.

Als unbestechlicher Hauptzeuge ist der

Schlaks damit unentbehrlich, was Urbs sich zunutze machen will.

„Sie haben durch Ihr Eintreten für rechtlich relevante Künstlerbelange entschieden dazu beigetragen, dass ein berüchtigtes, per Haftbefehl international gesuchtes Betrüger-Trio gefasst werden konnte.

Wer hat sich wie auffällig gemacht?", beginnt Urbs die gedankliche Vorarbeit für die spätere Beleuchtung im Orbit, um dann konkret zu werden:

Schlaks:

Ein Herr P., Sie verstehen, dass ich den Namen nicht nennen darf...

Ich verstehe, aber...

Schlaks:

... wollte den KrePo im letzten Stock mieten, der auf der Reservierungsliste stand und gerade frei geworden ist, weil die bisherige KrePo-Mieterin, eine Frau P...

Sehen Sie einen Zusammenhang?

Schlaks:

Sie verstehen, dass ich den Namen nicht nennen darf. Nur zum besseren Verständnis so viel: die Option auf Verlängerung des Mietvertrages ist nicht wahrgenommen worden.

Weswegen nicht?

Schlaks:

Die Dame ist namenstechnisch ausgewichen.

Kann ich das so verstehen, dass Sie über einen Namen gestolpert wären, wenn es das Ausweichmanöver nicht gegeben hätte?

Schlaks:

Ich bitte Sie! Wie kann ich über einen Namen stolpern! Ich habe mehr als zwei Karteien!

Ich will Ihnen nicht zu nahe treten, aber wir sprechen heute nicht von dem KrePo rechts - die Beantwortung der Frage des Kondensstreifens steht übrigens noch aus.

Schlaks:

Ich bin bereits über meinen Schatten gesprungen.

Das war nicht nötig. Es geht um den KrePo linker Hand von meinem.

Schlaks:

Ich kann Ihnen nicht mehr sagen als zuvor. Verschwiegenheit ist Teil unserer KrePo-Anordnung.

Hatte die bisherige KrePo-Inhaberin einen oder mehrere andere Namen?

Schlaks:

Ich halte es mit Fair Play.

Ich ebenso. Darf ich meine Frage nochmals stellen – hatte die KrePo-Inhaberin…

Schlaks:

Sie heißt Frau P... Sie verstehen...

Ich verstehe.

Schlaks:

Als sie kündigte, unterschrieb sie gemäß unserer KrePo-Anordnung Teil I, der Ihnen als Erfinder und langjährigem Mieter römischer Herkunft bekannt sein dürfte, einfach mit ‚K.'.

KrePossa?

Schlaks:

Sie sagen es, obwohl ich es offiziell nicht bestätigen möchte.

Ein seltener Name! Den Vornamen kennen Sie wohl nicht?

Schlaks:

Das ist eine unzulässige Unterstellung, besonders nachdem ich mich im Vorfeld bereits bemüht habe, ihn für Sie herauszusuchen.

Ungerechtigkeiten sind in unserer KrePo-Anordnung in keinem einzigen Paragraphen vorgesehen! Ich bitte um Berücksichtigung.

Merken Sie sich, das Interview darf insofern und auch deswegen auf keinen Fall veröffentlicht werden.

Ehrenwort!

Schlaks:

Ich sage Ihnen etwas im Vertrauen. Nur Ihnen! Ihren KrePo wollte er auch mieten, der Herr P. Sie verstehen - wir haben unsere Vorschriften, wenn es auch nicht eindeutig aus der KrePo-Anordnung hervorgeht.

Als Zusatz zu dem anderen?

Schlaks:

Herr P. fand einen Zusatz kein Hindernis.

Weder links noch rechts?

Er schien gegen Richtungen unempfindlich.

Urbs ist zutiefst empört. Er will sich sofort aufmachen und seinen KrePo kündigen, bevor er von diesem skrupellos geschäftstüchtigen Herrn P. betrogen wird.

Mit derlei felsenfesten Vorsätzen verlässt er das KrePo-Hochhaus, um sich Herrn P. zu widmen.

Frieder Plöger ist verschwunden.

Frieder Plöger kehrt zu Urbs am Morgen darauf in einem Zeitungsartikel zurück, der aus einer Fachressort-Feder der größten lokalen Zeitung stammt.

Dort wird von einem Betrüger-Trio berichtet, das international gesucht wurde und nun dingfest gemacht worden ist. Das Trio soll auf dem Lande ein Versteck gehabt haben.

„Die Drahtzieherin ist eine junge Frau, die zuletzt eine Unterschriftenfälschung vorgenommen hat, indem sie das Pseudonym eines Künstlers benutzte und es in ‚Leporello X' umbenannte, heißt es.

Urbs nimmt die Meldung mit Stirnrunzeln zur Kenntnis und hält sich für eine Zeugenvernehmung bereit, die nach seiner Einschätzung kaum zu erwarten ist, so dass er sich um die Vervollkommnung der Dokumentation des Gesprächs mit dem Schlaks kümmern kann, die er vorsichtshalber nicht niedergeschrieben hat und daraufhin zum besten Römer des Jahrhunderts gekürt wird.

Die Laudatio beantwortet er in moderat angepasster Mundart und trägt sie ebenso vor.

Un nu?

Dies ist das Ende von dem Buch.
Ich niese in mein Taschentuch
und warte, dass ich weiß wohin
mit meinem Kopf voll Unnu Sinn.
Mein Trick, vielleicht hat er doch einen Zweck.
Ich stecke diesen Vers jetzt weg,
ganz weit nach vorne wie nach hinten,
wo keiner denkt an solche Finten.
Bis später – wir sehen uns?

Danach verfasst Urbs ein Gutachten®,
in dem er seine Untersuchungen tabellarisch zusammenfasst, um die Erwachsenen- und Meinungsbildung zu fördern.

1
Imponiergehabe
ist 'ne Gabe,
die wir schätzen,
uns zu wetzen.

2
Wer Selbstbeschränkung übt,
sich nicht durch Schande trübt.

3
Die Kunst des Gebens
ist ein Fach des Strebens.
Sie kommt mal leise, mal sehr laut,
so dass ein jeder auf sie baut.

4
Wer das Wasser nicht schätzt,
alle Regeln verletzt.

5
Es stimmten einst die Stimmen
beim schönsten Glühwurmglimmen
und glühten rot ins Dunkel Hell,
auf dass es allen woll gefell.

Nach Beendigung der ihm übertragenen Mission „Leporello X" als Gesandter der Götter, wird Urbs Brillenträger, was ihn motiviert, sich mit gesteigertem Frohsinn neuen Passionen zu widmen.

Zur Einstimmung schickt er der KrePo-Hochhausverwaltung Kopie seines Schreibens, das er nach der ersten Unterhaltung mit dem Schlaks verfasst hat. Darin gibt er Hinweise auf einen wertbeständigen Kondensstreifen:

Durch Boten/von Hand zu Hand®
An die
KrePo-Hochhausverwaltung
KrePo-Hochhaus

Urbs Urbs　　　　　KrePo @
　　　　　　　　　　　KrePo-Hochhaus

Sehr geehrte Damen und Herren,

Im Anhang bringe ich Ihnen ein Schreiben von mir an die Abteilung Technik zum Thema Kondensstreifen zur Kenntnis und bitte um Weiterleitung an alle Abteilungen von Interesse.

Hochachtungsvoll!

gez. Urbs Urbs
KrePo-Mieter

Anhang®:

UV Schutz für alle

Die Strömung fließt gegen den Strom.
Das Quellental liegt auf dem Berg.
Wunder nach Mecklenburger Art
an jedem Fleck, in jedem Ort.
Rauf auf die Couch
und abwarten, was passiert.
Nicht vergessen: UV Schutz.

Schwerin erwartet Sonnenstunden.
Das Land ist gewarnt.
Die Mittel werden noch ermittelt.
Die heimische Produktpalette
bietet sich an.

Calendula in den Fingerhut,
Sanddorn bis zum Flaschenhals.
Vor Gebrauch den Kopf schütteln,
den Fingerhut entleeren,
damit den Dorn entfernen und
Calendula mit Sand auffüllen.

So oder so oder umgekehrt. Es werden
stündlich Rezepte erfunden.

„Die Entscheidung! Bitte schnell!
Wir handeln mit leicht Verderblichem.
Das Lager ist voll."

„Noch etwas Geduld, meine Lieben.
Die Beratung wird vorbereitet.
Ich will sehen, was ich tun kann
…Sie wissen schon…der Haushalt
muss erst verabschiedet sein,
dann …"

„Ist das Ihr letztes Wort –
eine Legislaturperiode?
Von wann an gerechnet?"

„Gleich geht's los."

Für die Richtigkeit der Kopie:

Villanova, Febr. XXIX MMXXI

Ordinarius Villanova
(Sekretariat Urbs Urbs)

Bitte umblättern®

Ordinarius Veccius

Weitere Bücher von Irene Pietsch im
Mandamos Verlag UG (haftungsbeschränkt)

DoKa
Landarzt mit Zukunft, Russlands Beitrag zur Kultur Europas in Modest P. Mussorgskys „Bilder einer Ausstellung", ist außerdem Dramaturg des großen Rätselratens um Nachspielzeiten in seiner bewegten Familiengeschichte, die er versucht, mit Mussorgskys Hilfe aufzudecken.

Paperback ISBN 978-3-946267-03-4
Hardcover ISBN 978-3-946267-04-1
e-book ISBN 978-3-946267-05-8

ggg.plattform.ka
ist eine gewollte Satire.

Götter in Eile. Götter unter Erfolgsdruck. Engelsgleiche Geduld liegt ihnen nicht besonders, weswegen sie selber außerirdischer Hilfe bedürfen, um sich auf Erden beweisen zu können.

Paperback ISBN 978-3-946267-06-5
Hardcover ISBN 978-3-946267-07-2
e-book ISBN 978-3-946267-08-9